新媒体语境下的诗学重构
——数字文学概观

李洁　著

图书在版编目(CIP)数据

新媒体语境下的诗学重构 : 数字文学概观 / 李洁著
. -- 天津 : 天津大学出版社, 2023.8 (2025.1 重印)
ISBN 978-7-5618-7529-2

Ⅰ. ①新… Ⅱ. ①李… Ⅲ. ①网络文学一文学研究
Ⅳ. ①I059.99

中国国家版本馆CIP数据核字(2023)第121353号

出版发行 天津大学出版社
地　　址 天津市卫津路92号天津大学内（邮编：300072）
电　　话 发行部：022-27403647
网　　址 www.tjupress.com.cn
印　　刷 永清县晔盛亚胶印有限公司
经　　销 全国各地新华书店
开　　本 787mm×1092mm　1/16
印　　张 7
字　　数 175千
版　　次 2023年8月第1版
印　　次 2025年1月第2次
定　　价 65.00元

前　　言

20 世纪中叶至今，计算机、互联网和数字化新媒体等领域都发生了一系列历史性的变革。从 1953 年 IBM（国际商业机器公司）推出第一台商用科学计算机，到 1981 年推出个人电脑，之后微软推出的 DOS 操作系统和增加了图形界面的 Windows 视窗使得电脑进入了普通用户的世界；从 1965 年泰德·纳尔逊（Ted Nelson）提出"超文本"（hypertext）概念，到 1987 年超文本系统成熟壮大，成就了互联网上快速便捷的分层搜索；从 1980 年美国国家科学基金会（National Science Foundation，United States）发布的旨在建立一系列地区互联网超级计算机的整体规划，到 1986 年这一网络向世界上任何能够与之相连的计算机，包括个人电脑的开放；从 1985 年 Commodore（康懋达）公司率先在世界上推出了第一个多媒体计算机系统 Amiga，到 1990 年微软牵头制定了多媒体计算机规范化管理的行业标准——所有这些不仅改变了世界的政治、经济和文化格局，同时也极大地激发了文学创作的灵感，形成了文学发展的崭新空间。文学与科学技术的对话历史由来已久，在数字化这一时代语境下，作家们把数字文本的功能可供性（affordance）整合为文学表意结构的一部分，极大地拓展和丰富了文学的表现形式。

科学技术的进步无所不在、无所不能地影响并改变着人类文明的进程，无论作家愿意与否，无论对高科技采取接纳还是排斥的态度，科学技术已经并且仍在影响着文学的形成和发展。从作家的创作思维到读者的审美接受，从作品题材到作品类别，从文学创作方式到出版方式，甚至文学在未来社会的地位和作家职业的崇高感都将因科技的发展受到挑战。

目　　录

第一章　数字文学:科学与文学对话的节点

文学艺术的演变与科学技术的发展存在着必然的联系,每一种艺术形式的构成都反映了那个时代科学或者文化看待现实的方式,是认识论的隐喻。科技的惊人发展、准确度和适应力,以及所造就的想法和习性,必定给传统艺术带来深远的改变。物质和时空的维度变化造就的伟大革新足以改变整个艺术技巧,进而影响艺术创造,甚至使艺术观念发生蜕变。①

第一节　理性主义科学方法主导下的线性文学思维

近代的科学革命不仅是少数才能卓越的科学大师对旧思想与旧传统的突破,也是对古代异常思想中合理因素的继承和发展。自古以来人们便相信世界是以一定的规则、秩序和规律存在着的。这种信念推动古往今来的科学家去探索和把握那些决定世间万物之联系的普遍法则,因此16世纪直至18世纪中叶诞生了许多充满了理性主义光芒的科学和哲学思想。科学史上的第一次奠基式革命发生在15至16世纪的文艺复兴时期,它包含了从具主导地位的地心说向哥白尼世界观的转变,也相当于对地球和人类的“拆解”运动。歌德的《浮士德》(*Faust*)就演绎了其中的许多思想。16到17世纪间笛卡尔掀起的理性主义思潮早已突破了哲学,成为科学革命的理论基础。18世纪的理性主义者将宇宙视为钟表,上帝则是钟表制造者,暗指世界是由环环相扣的零部件组成的,零件可以相互脱离,一个智慧的观察者从零件的工作方式就能推断出它的作用。世界像一部机器那样有固定和静止的形式,一旦它被发动起来就会自行运转而无须神的干涉,但前提是它的工作是理性的,且演绎和归纳这两种线性链式方法是最合适的探究方法。据此,时间顺序和因果承接就成为最自然和直接的线性叙事方法。

时间的概念源自日夜交替、四季轮回等自然过程。为了尝试控制时间,传统思想给出一种井然有序、等级明晰的时间再现。虽然不断有人怀疑把时间当作外部世界的组成部分是否正确,但人们仍旧按照时间来调节自己的生活。一个与外部世界的所有感知割裂开的人大抵仍然会继续体验他自己思想与感觉的连续性。传统上的文本时间注定趋向一个方向并且不可逆转,因为语言预先规定了一个符号的线性形式,比如逐字、逐句、逐章节阅读,所以呈现出的信息也是线性的。尽管人们想方设法逃离传统模式,但它却历久弥坚。托多洛夫指出,故事的时间概念包含了一个约定俗成的惯例,它将自己等同于理想的时间顺序,或称“自然年表顺序”。② 事实上,严格的承继行为只在有一条故事线索或一个人物的故事中才能找到。但凡多出一个人物,事件就可能变为同时性的,并且故事往往会是多线性,而非单线性的。严格的线性时序既不自然,也不是大多数故事的实际特点。不过,传统的“标准”仍被广泛地接受,最终代替了故事实际的多线性时间性,获得了“伪自然”(pseudo-natural)

① [德]本雅明. 机械复制时代的艺术作品[M]. 王才勇,译. 北京:中国城市出版社,2001:93.

② TODOROV T. Grammar of the Decameron[M]//Approaches to Semiotics, Vol. 3: The Hague: Mouton, 1969:127.

的地位。①

而“事出有因”是现实主义叙事作品的基本特征。笛卡尔认为宇宙被一种普遍但抽象的规律决定和约束，周而复始并且恒久不变。如霍尔巴赫在《自然的体系》中提到，“在这个自然之中，没有偶然，没有纯属意外的事物，也绝无没有充分原因的结果，一切原因都遵循着固定的、一定的法则而活动”。② 亚里士多德早在《诗学》中确定了开头、中间和结尾的一体化，以及内在的根据、情理或者真理的叙事概念。解构主义学家希利斯·米勒（Hillis Miller）则称，现实主义小说中的人物是按照西方逻各斯中心主义所特有的一套有关起源和终结、因果性、统一性的共享假设来行动的。③ 但事实上，许多生活事件缺少清晰可辨的原因，而理解的惯性却引导人们做出种种根本不可能的解释，即将传统的开端、结局、目标等概念强加于那些本会暗中破坏这些概念的文本之上。米勒还说，不管出现的东西多么杂乱无章，“人们都可能会采用因果链或者有机生长的模式来描述叙事之合乎人意的连贯性。人们将线性连贯性视为理所当然”。④

传统的科学方法对一批文学思想家也产生了深远的影响。T.S. 艾略特在“传统与个人才能”（*Tradition and the Individual Talent*）一文中赞扬了创造力的增殖方法，将文学的线性置于神圣的地位。他认为诗人都是用过去的材料来成就自己的传统，也因此为文学打上了进化模式的印记，线性是这种模式的主要特征，是理解艺术过程的重要依据。通过艾略特的复原法，被现代主义文学视为典范的《荒原》中那些多样的典故，事实上展示的是作品与先在作品一脉相承的线性发展，因为它从占主导地位的艺术传统中得到了统一和方向。

第二节 相对论与现代主义小说

科学史上的第二次革命开始于 19 世纪，其动力来自热动力学理论、相对论和量子力学。20 世纪末期，技术和物理理论的变化激发了文化总体态度的变化，艺术回应并且塑造了科学假想。场论、相对论等概念对传统小说形式的改观产生了深远的影响，现代主义小说可以说是宇宙爆炸、多元主义、相对主义和不确定性的必然结果。

爱克纳（Hans Eichner）指出，如果世界是一个动态的、生机勃勃的整体，那么单凭理性认识就不能全面地理解它。生命的神秘本质要求理解那些引起共鸣的想象。⑤ 这种观点在人文科学中得到了回应。尼采、弗洛伊德、荣格、齐美尔、怀特海绘制的人类影像都集中于攻击人类作为静止和自主生物的传统观点上。人类不断地被看作可以在物理领域被辨识的、趋向不断进化的动态互动中不可缺少的部分。20 世纪文学深受柏格森的“绵延”（duration）理论和爱因斯坦狭义相对论对时间概念的启示：柏格森的时间是弹性的，因为它与以非机械方式感知的生命力相联系，比如沃尔夫（Virginia Woolf）《达洛卫夫人》（*Mrs. Dalloway*）中的大本钟不仅仅是在强调物理时间，还揭示了人类系统的时间与个人主观体验时间的方式

① Shlomith Rimmon-Kenan. Narrative Fiction：Contemporary Poetics[M]. London and New York：Routledge，2005：31.

② [法]霍尔巴赫. 自然的体系（上卷）[M]. 管士滨，译. 北京：商务印书馆，1964：66.

③ [美]希利斯·米勒. 解读叙事[M]. 申丹，译. 北京：北京大学出版社，2002：55.

④ [美]希利斯·米勒. 解读叙事[M]. 申丹，译. 北京：北京大学出版社，2002：71.

⑤ N. Katherine Hayles. The Cosmic Web：Scientific Field Models and Literary Strategies in the Twentieth Century[M]. New York：Cornell University Press，1984：17.

之间的紧张关系。文学创作的终极目标不再是表现现实的镜像，而是研究和表现空间、时间的概念和人类纷繁复杂的大脑活动，以及强调现实动态、流动的本质。[①]

现代诗人威廉姆斯（W.C. Williams）1948 年的演讲《作为行动场的诗歌》（*Poetry as a Field of Action*）指出，尽管文学还要延续模仿，但人类对现实本身的概念因为近来的技术发展已经改变了。虽然此番言论发表时现代主义已到了中期，但仍然指出了美国文坛自庞德提出"make it new"以来的变化。他说，诗歌如果要跟上对心智研究的发现和人类感知力、知识和理解能力不断前进的步伐，就应该在新物理的基础上反映现实。"伴随工业革命，一种新的精神，新的时代精神已经稳固地掌握了世界，结果，新的价值观取代了旧的、贵族化概念。"[②] 新的表现应该反映世界科学、社会和经济的复杂性，同时挑战传统的诗歌形式。威廉姆斯说，如果不能把相对论的基本事实——测量的相对性——纳入我们的活动（诗歌）中，那我们何以接受爱因斯坦那影响了我们对天体概念理解的相对论？我们认为自己置身于宇宙之外吗？或许英国国教是如此？相对论适用于一切，比如爱情。[③] 普鲁斯特的《追忆似水年华》（以下简称《追忆》）就响应了这样的召唤。著名的评论家和作家威尔逊（Edmund Wilson）在《阿克瑟尔的城堡》（*Axel' s Castle*）中就指出，普鲁斯特很早就将新科学和技术的规则纳入自己的小说中了。

其一表现在人物塑造上。威尔逊说："对于现代物理而言，我们对于所有宇宙活动的观察都是相对的：它们取决于我们所处的位置、观察的世界、我们移动的速度和方向，以及周遭的环境、时刻与情绪……"[④]《追忆》中的人物并非维多利亚时代小说中的"典型环境中的典型人物"那样非黑即白、棱角分明。他们在不同的时间和地点，以不同的角度，在不同人的视野里出现，因此，这些人物是圆形的，是多重影像和印象叠加而形成的，好似毕加索立体主义画像中呈现的多棱体面庞。不过，普鲁斯特每一次也只描绘人物的一个面，使得人物个性更加不明朗不确定。如同威尔逊说："尽管普鲁斯特的全部观察都看似是相对的，但他像爱因斯坦一样为自己的表象世界建造了一个绝对的结构。他的人物也许在变化……好像爱因斯坦那个能收缩和伸长的测量棒，他的钟表可快可慢……"[⑤] 将这个概念应用到文学方法中就会去除客观性和稳定性的假象，反而将注意力引入善变的主体性行为上。

其二表现在文本结构上。根据普鲁斯特自己的说法，对文本的设计是用来说明某些定律的，譬如场论（field theory）[⑥]。场论最基本的概念是：事物是相互关联的。牛顿原子论思想认为现实中的物体都是离散的，各事件能够独立于其他事件和它的观察者；与此截然不同的是，场论将现实描绘为物体、事件和观察者难分难解地归属于一个场；据此而论，每一事物的性状，有时剧烈地，有时微妙地，但无一例外地都深受其他事物性状的影响。普鲁斯特在《追忆》的结尾处也表明了相同的观点：

---

① 李洁. 从精神分裂到数字矩阵——弗雷德里克·詹姆逊的后现代书写逻辑及延伸[J]. 国外文学，2017(2)：3.

② William Carlos Williams. The Poem as a Field of Action[M]//William Carlos Williams，ed. Selected Essays. New York：Random House，1954：280-291.

③ 同上。

④ Edmund Wilson. Axel's Castle[M]. New York：Charles Scribner's Sons，1931：287-289.

⑤ 同上。

⑥ 场论：场是物理学概念，指某个物理量（如温度、密度、引力、电、磁等）在空间的一个区域内的分布。爱因斯坦是最被人熟知的建立统一场论的物理学家之一。

> 不把我们生活道路上那些差距极大的景地联成一气，我们是不可能叙述自己与一个甚至都不甚了解的人之间的关系的。因此，每个个人——而我也是这些个人之一——均以他们不仅在自己周围，而且在他人周围完成的回旋，尤其是他们对我而言先后占有的方位确定时值。①

场论要修正的思想之一就是被称作“原因”和“结果”的单程连锁反应。作为意识流小说的扛鼎之作，《追忆》没有波澜起伏和矛盾纠葛，甚至没有中心人物和完整的故事。它大体以叙述者“我”的生活经历和回忆为线索，将大量或长或短的人物与事件串联起来，伴随梦呓、呢喃、沉思、冥想和独白在其中恣意蔓延。如作者所言，“生命只是一连串孤立的片刻，靠着回忆和幻想，许多意义浮现了，然后消失，消失之后又浮现。”②

《追忆》就是一个文学的场域，如同盘根错节的大树，更似纵横交织的网络，网络上的每个节点就是个体生活轨迹交会的痕迹。普鲁斯特通过故事与故事的嵌套、交叉和重叠，组合成了一个互相牵扯、参照、映射的巨大网络。在此意义上，科学模型影响着文学，好比文学也同样影响了科学模型，两者都影响了我们在整体上对相对论和场论的理解。

第三节 混沌学与非线性文学

后现代文学批评家海尔斯（N. Katherine Hayles）认为科学和艺术出自相同的文化背景，“后现代主义语境提供了一套文化和技术环境，其中的零散部分聚集起来，互相加强，直至不再是孤立的项目，而是紧急地意识到无序、非线性和噪声在复杂系统中所起到的构建作用，从而催化了新科学的产生”。③

20 世纪末期，技术和物理学的概念始终在变化。物理学从决定论一统天下走向决定论、随机论、混沌论三分天下的局面，这是人类认识自然规律的又一次重大飞跃。笛卡尔式分析方法遵循的是线性因果决定论，虽然几百年来在特定的范围内行之有效，但它只适用于认识较为简单的事物，不能如实地说明事物的整体性，也不能反映事物间的相互联系和作用，因此当面临关系错综、规模巨大、参数不定的复杂问题时，传统分析方法束手无策。当现代科学面临着简单性思想和方法无法处理的复杂的对象时，一系列以复杂系统为研究对象的新科学相继诞生。20 世纪六七十年代兴起的混沌学是针对复杂系统的，包括了非线性动力学、不可逆过程热力学、气象学和认知学等领域的跨学科研究。

首先，“混沌”与不规则运动、偶然性和可能性相关，它暗示着几种矛盾状态的存在：a. 不规则运动也可能构建某种范式；b. 无序与有序相链接；c. 无序中暗含着有序；d. 有序以某种无法预测但确定的方式从无序中抽离出来。

第二，混沌学重视非线性问题的研究。混沌是非线性动力系统固有的特性，也是非线性系统普遍存在的现象；混沌理论的优越性在于它尽量从整体性上理解非线性系统。线性系统大多是由非线性系统简化而来的，而不是偏离线性轨道，因此它们在同样的系统中并非相

① [法]M. 普鲁斯特. 追忆似水年华（第七卷）[M]. 徐和瑾，译. 南京：译林出版社，2012.

② 同上。

③ N. Katherine Hayles. Introduction：Complex Dynamics in Literature and Science[M]//Gordon Slethaug. ed. Beautiful Chaos：Chaos Theory and Metachaotics in Recent American Fiction. NY：State University of New York Press，2000：38.

互排斥。法国最伟大的数学家和科学哲学家庞加莱（Henri Poincaré）早就对保持自然界稳定性的假设提出了质疑。他相信在“系统”或“多体”现象（many-bodied phenomena）中，“线性”和“正常”状态事实上总是被不完美、纷扰和错位打断。[①]

文学中同样存在混沌现象，因为一部作品就好似一个复杂和混沌的系统——一个包含总体的秩序，但其零部件却以看似不可预测的方式运行着的实体。有两种叙事模式恰如其分地例证了这种现象，即“马赛克叙事”和“任意路径”小说。

“马赛克叙事”（mosaic narrative）含蓄地表现混沌。在这一类作品中，正常的叙述被碎片化了；逻辑上的一致性与因探索多视角而呈现出了非逻辑和非线性的共栖；过去和现在并置；第一人称叙事的线性结构由于第三人称声音的插入而间断。莫里森（Toni Morrison）《最蓝的眼睛》（*The Bluest Eye*）示范了第一人称有限视角与第三人称全知视角的交替，暗示了连贯系统的限制和约束，以及对更多样复杂形式的需要。杜瑞思（Michael Dorris）《蓝水上的黄筏》（*A Yellow Raft in Blue Water*）用三代美国本土妇女的叙述视角构建了一个多视角和多声部观点，过去的声音和经历根植于当前的世界，创造出历史的马赛克。它试图说明，更加接近精确的现实图景有可能来自互相补充的和多维度的，而非单一的视角。在这些语境中，第一人称独白性话语的连贯性总是被另外一种“非系统”暗中破坏。所谓“非系统”（nonsystem），就是“一堆碎片”或“拼凑之物”；它与系统中的“任何表达盘根错节地缠为一体”，是“由互不相容的裂片连接而成的一个裂片系统”。[②]

“任意路径”（random-access）小说将混沌理论内化为自身的结构。库恩（Thomas Kuhn）提出，科学是依靠模型或范式来建构和表现自己的，范式通过假设、步骤、惯例和文化视角来建构意义。[③] 20世纪的小说也趋于强调模式、模型和范式的作用。“任意路径”小说皆由或长或短的若干片段组成，读者可以不按照章节顺序从任何一个片段进入阅读。不同的阅读顺序会“生产”出不同的故事，而人物、情节之间的关联则任由读者自行揣摩，《暴行展览》（*The Atrocity Exhibition*）、《跳房子》（*Hopscotch*）、《赤裸的早餐》（*Naked Lunch*）、《保姆》（*The Babysitter*）、《亚历山大四重奏》（*The Alexandria Quartet*）皆属此类。巴拉德（James Graham Ballard）在《暴行展览》的前言中写道：

> 读者会被《暴行展览》陌生的叙事方式所挫败，但事实上，只要你尝试采用不同的阅读方法，就会发现它比最初看上去的要容易得多。你可以打破从第一页开始阅读的惯常做法，信手随翻直至碰上那个吸引你眼球的段落。如果某个想法或是图像还比较有意思的话，那就扫视一下附近的段落，看是否有什么能引起共鸣的话语。很快，我希望，你就能感到云开雾散，隐藏的叙述将会自己现身。实际上，你读的方式也就是我写书的方式。[④]

① Slethaug, Gordon. Beautiful Chaos: Chaos Theory and Metachaotics in Recent American Fiction[M]. NY: State University of New York Press, 2000:95.

② [美]希利斯·米勒. 解读叙事[M]. 申丹，译. 北京：北京大学出版社，2002:148-150.

③ Kuhn, Thomas S. The Trouble with the Historical Philosophy of Science[M]. Cambridge, Mass: Harvard University Press, 1992:65.

④ J. G. Ballard. The Atrocity Exhibition[M]. London: Flamingo (Harper Collins), 2001:vi.

这种程式恰恰与当今网络超文本无始、无终、无中心、非线性、多入口的“根茎”式特点不谋而合。每个片段既可独立成篇，也可以任意顺序与其他片段关联起来阅读。选择的对象与顺序的不同都会导致故事的时间、地点甚至人物命运的变换。只要读者有足够的兴趣和耐力反复阅读，就会组合出新的文本，产生新的意义。伯尔特（Jay D. Bolter）将这种意义的不确定性称为“悬置”（hyperbaton），它违背了传统线性小说所秉持的“熟悉化”（familiarization）策略。熟悉化为读者明确了一个视角，一个审视叙事的位置；而随机阅读造成的意义悬置、间断性和分支却不停地将读者拽出舒适或熟悉的位置。①

在这种创作模式中，无序或混沌穿插于有序的各层次之间；侵扰或颠覆了既定顺序的随机元素也许创造了另一种顺序。“有序”是由小说的物质载体——平面印刷文本而决定的，因为阅读印刷小说的惯常做法就是按照线性方式从头至尾阅读。“无序”是因为“任意路径”鼓励读者突破印刷页码的藩篱，任意组合出一个片段序列，从而形成“故事”。但正如“混沌”概念所示，在一个系统中，无序和有序并非相排斥的非此即彼，而是蕴含与被蕴含、此强彼弱和此弱彼强的关系。这颇似物理学中的“波粒二象性”（wave-particle duality），即一切物质都同时具有波动性和粒子性的双重性质，只是在不同条件下一种性质显著，而另一种微弱。读者被传统和惯性驱使去追求连贯性，这种追求如此执着，无论从多么支离破碎、杂乱无章的叙事片段中，他们都能够构建出一种令自己信服的连贯性。

结语

每一次革命都迫使科学界推翻一种主导和权威的科学理论，以支持另一种与之不相容的理论；每一次革命都彻底改变了科学的形象，也根本改变了人们进行科学研究的那个世界。文学与科学虽然以不同的方式追寻和探索真理，但它们本质上都是在洞察宇宙和人心的奥秘。科学为文学提供了思维的范式、结构和模型，而文学，正如现代著名的数学家和哲学家怀特海（A.N. Whitehead）所言：“人性的具体外貌只有在文学中才能体现出来。如果要了解一个世界的内在思想，就必须谈谈文学，尤其是诗歌和戏剧等较具体的文学形式。”② 在此意义上，文学与科学是相辅相成的，它们的对话始终在进行中。

① Jay David Bolter. Writing Space：Computers，Hypertext，and the Remediation of Print[M]. Mahwah：Lawrence Erlbaum Associates，2001：132.

② [英]A.N. 怀特海. 科学与近代世界[M]. 何钦，译. 北京：商务印书馆，1989：86.

第二章 数字文学发展历史概述

科技对当代表达方式的影响催生了新型的文学形式，这些形式继续吸引着作者和评论家。虽然数字文学的起源可以追溯到20世纪，但这一领域作为一项艺术运动和一个学术分支仍处于形成阶段。数字文学具有文学性，且与快速发展的数字美学紧密相关，因而它是始终处于运动和变化之中的，不定型的，很难给它下一个明确的定义。这里首先需要辨析两组概念：

其一，“数字化文学”与“数字文学”。

“数字文学”（digital literature）是指专门在电脑、平板电脑和手机等数字设备上创作的文学作品。它被定义为“一种从计算中产生的文学美学建构”，“只能存在于为之开发/写作/编码的空间，即数字空间中的作品”。① 这意味着这些作品不容易打印，或者根本无法打印，因为对文本至关重要的元素无法被打印出来。比如，有些小说只适用于平板电脑和智能手机，因为它们需要触屏才能展开故事并与之互动。而诸如在Kindle一类的电子阅读器上的文学作品则是“数字化文学”（digitized literature），它们只是被显示在屏幕上的印刷文本——唯一的区别是，读者可以通过滚动而不是翻页来推进文本，读者参与与否并不会改变作品。而数字文学是利用计算机的功能动态地渲染故事；它是算法的，是会随着读者的参与而变化的。

其二，“数字文学”与“电子文学”。

这两个词语都经常在数字文学领域使用，本质上并没有太大区别。严格来讲，它们的物理性质有一定的差别。“电子的”指任何由电力驱动的设备，它是相较于印刷和纸媒而言的。“电子文学”（electronic literature）这一术语的关键优势在于它的通用性——既包括了电视、电台、广播、电动广告牌、电话等电子形式的媒体，也包括了那些在20世纪90年代还不存在的新兴体裁。这可能是这个词经久不衰的原因之一。而“数字的”是指以二进制数的形式记录、处理、传播、获取过程的信息载体，包括数字化的文字、图形、图像、声音、视频影像和动画等媒体。“数字文学”（digital literature）就是利用这些数字载体创作和发布的文学作品。

根据美国数字文学旗舰组织ELO（The Electronic Literature Organization）的定义，“电子文学”是指“利用单独或联网的计算机提供的功能和语境进行创作的，有重要文学面貌的作品”。② 其种类包括网络或单机版的超文本小说和诗歌，以Flash动画或其他平台呈现的动态诗歌、互动小说，采取电子邮件、短信息或博客形式的小说，与计算机互动或由给定的参数计算而生成的诗歌或故事，以及读者向作品提供内容的合作式写作、在线文学表演等。从此意义上讲，数字文学的基本前提是“不可转换性”（non-transferability）——它是用计算机创

① HECKMAN D, O'SULLIIVAN, J. Electronic Literature: Contexts and Poetics[M]. London: Bloomsbury Academic, 2018, P10.

② What is E-lit? [DB/OL]. Electronic Literature Organization. (dates unavailable) [2015-09-12]. http://www.eliteratur.

作的,在计算机上阅读的作品,是通过数字媒介来追求小说文字、话语和概念的复杂性,但若将其从这种媒介上移除则会丢失部分审美的和符号学的功能。①

多年来,电子文学界一直认为德国数学家卢茨(Theo Lutz)的《随机文本》(*Stochastic Texts*)(1959)是第一部数字文学文本②。自从第一台电子计算机发明以来,计算机是否会思考的问题一直与它们是否也具有创造性的问题联系在一起。英国数学家图灵(Alain Turing)就认为机器将渗透到人类思维的所有领域,甚至可以写十四行诗。在斯图加特技术大学学习的卢茨提出了这样一个想法:计算机不仅可以用于文本的统计分析,还可以用于文本的合成,因为一种语言的规则可以用算法来描述。卢茨从卡夫卡的《城堡》(1926)中选择了16个名词和16个形容词,并添加了4个连词和4个代词。这些元素的组合有可能创建出4 174 304个不同的句子,从生成这些句子的电脑屏幕上随机截取的一分钟片段(约70行诗)被打印出来后分别保存在了德国艺术与媒体中心(ZKM)和德国马尔巴赫文学馆(German Literature Archive Marbach)。在卢茨之后,许多作家都在尝试用电脑创作诗歌。然而,在这之前的1952年,现代计算科学的先驱克里斯托弗·S·斯特雷奇③(Christopher S. Strachey)利用图灵的随机数生成器开发了一个Mark I程序,创建了名为"情书"(Love Letters)的组合文本(图2-1)。它比最早的数字计算机艺术作品早了近十年。

图2-1 "情书"中两封随机生成的情书

20世纪80年代,计算机的发展使得诗人能够越来越多地将动态语言呈现在屏幕上,大量的以动画、超媒体等数字格式创作的诗歌作品也涌现出来。80年代是数字文学史上的一个重要时刻。1985年,在巴黎蓬皮杜艺术中心举行了一场名为"Les Immatériaux"的国际展览,计算机和数学辅助文学工作坊ALAMO介绍了第一批由他们的计算机辅助创作的诗

① David Ciccoricco. Digital Fiction Networked Narratives[A]. In Joe Bray ed., The Routledge Companion to Experimental Literature, New York: Routldge, 2012, p. 471.

② Funkhouser, Chris. Prehistoric Digital Poetry: An Archaeology of Forms 1959-1995, Alabama University Press, 2007.

③ 斯特雷奇是一位英国计算机科学家。他是编程语言设计的先驱,是艾伦·图灵的同事,也是1952年世界上第一台商用通用电子计算机——the Ferranti Mark 1的程序员。

歌。到 80 年代中期，后结构批判理论，尤其是解构主义的影响促使作家和诗人为文学开辟了新的思路。尤其于诗歌而言，具象派诗人所追求的功效——文本的视觉呈现、图形效果、版式、色彩、重复——都可以在电子环境中实现。

20 世纪 90 年代，由蒂姆 • 伯纳斯-李（Tim Berners-Lee）领导的日内瓦的欧洲核子研究中心（CERN）发明了万维网。正是从那时起，赛博诗歌/赛博文学（cyber-poetry/cyber-literature）类的网站开始大量涌现，新一代数字作家由此诞生。他们对计算机文化非常了解，他们来自不同的领域——视觉或造型艺术、通信、设计，或仅仅来自网络，他们也许并不具备专业的美学或文学知识。1999 年，法国当代诗歌评论杂志 *Doc(k)s* 探索了 20 世纪诗歌的视听实验，并且提出了对迄今为止已经出版的作品进行编纂的必要性。

将数字文学进行世代划分首先是由海尔斯（N. Katherine Hayles）2002 年在加州大学洛杉矶分校的“电子文学：艺术状态”研讨会的主题演讲中提出，并在《电子文学：文学的新地平线》（*Electronic literature: New Horizons for the Literary*）（2008）中进行了详细阐述。她把第一代电子文学定义为前网络时代（pre-web）、文本为主（text-heavy）、链接驱动（link driven）的，仍然建立在纸媒模式上的作品。她把从 1995 年开始的第二代电子文学定义为基于网络并融合了多媒体和交互性的文学。简言之，第一代包含了前网络时代的电子和数字媒体实验。第二代从 1995 年的 Web 开始，一直持续到现在，包括使用自定义接口和表单创建的，大部分发布在开放的 Web 上的作品。第三代电子文学出现于 2005 年前后，使用的是已经建立并拥有大量用户基础的平台，如社交媒体网络、应用程序、移动和触摸屏设备，以及 Web API 服务。第三代与前两代共存，同时也有相当数量的数字原生态作品是由已经成为数字原住民[①]的新一代人生产的，他们既是该产品的创作者也是读者。每一代作品都建立在先前的和当代的技术、途径和观众的基础上，来开发带有它们时代特征的创作和诗学。

第一节　第一代数字文学

第一代数字文学的特点是指 1952 年到 1995 年间出现的一些开创性作品。在这一时期，只有少数从业者能够接触到电脑，因而数字文学创作者也只是一小部分，并且他们中的大多数人也并没有清晰地意识到自己创作的是数字文学。

在最初的几十年里，只有大学里的计算机科学家和学者、私营企业的技术人员，以及电影、电视、广播工作室的制片人能够使用昂贵的工具来创作数字文学。随着 20 世纪 70 年代末文字处理器、个人电脑和游戏机的出现，及其在 80 年代开始普及，电脑的使用范围扩大到业余爱好者和世界上最发达国家的中产阶级人口，数字文学作品的数量开始增长。在初始期，创作工具的功能还很有限，但随着时间的推移，它们的功能逐渐强大，例如，BASIC 语言和 Pascal 语言更接近于自然语言，并且在个人电脑出现的第一个十年中占据了显著地位。早期的软件经常被编码在 ROM 存储器中，并用于文字处理和游戏制作等特殊任务。功能日益强大的媒体编辑和制作软件，如 HyperCard、Storyspace、INFORM，出现于 20 世纪 80 年

① “数字原住民”指今日从幼儿园至大学的学生等第一代伴随新科技成长起来的人，他们全部的生活都围绕着电脑、网络、智能手机等数字时代的产物，他们熟练地运用包括电影、电视、音乐、游戏的集成媒体。

代到90年代初。这一时期数字文学的传播大多是通过实体媒介，如*Byte*[①]等杂志，或者制作成光盘附于印刷品内在报摊、书店和其他实体店出售。因此，尽管互动小说在当时的游戏市场非常流行，以出品超文本小说为主营业务的东门系统公司（Eastgate Systems）也通过图书市场获得了主流关注，并在世界范围发行，但数字文学的读者仍然很有限。

第二节 第二代数字文学

万维网的兴起带来了数字文学创作和发布的范式转变和数量增长，开启了第二代数字文学作品。由于越来越多的人拥有电脑并可接入互联网，相关从业人员的数量也相应增加，出版的便捷性也使得大量原创作品通过网络进行发布。实践者包括程序员、技术开发人员、个人电脑用户、网络设计者、与程序员协作的作家和艺术家，以及多媒体创作软件的用户。例如，Flash和Director赋予了一代作家和艺术家创作数字文学的力量——即使他们一开始并没有很高的编程技能。随着HTML、JavaScript、CSS、DHTML、ActionScript、Python和Ruby等更多样化、更方便用户的工具和编程语言的发展，人们愈加能近距离地接触数字文学的创作。随着音频、视频和图像的编辑软件不断发展，Director和Flash等多媒体创作软件也几经起落，最终过时。第二代数字文学主要通过开放网络、作者主页、网络杂志、图书馆馆藏和其他渠道进行传播。数字文学的受众不断增长，而学术界一直是通过课程、演讲、展览、会议等引擎来扩大受众，促进了该领域的发展。

在第二代作品中，许多第一代机器人开始在网上应用，用户的访问途径也很广泛。越来越复杂的机器人充当着互动小说和数字游戏中的角色，比如肖特（Emily Short）的《伽拉忒亚》（*Galatea*）（2000），马塔斯（Michael Mateas）和斯特恩（Daniel Stern）的《正面》（*Facade*）（2005）。这些作品的一个特点是作者喜欢创建新的或定制的环境和界面供读者体验；另一个特点是观众可以在网上找到这些作品，安装在自己的电脑上以启动游戏环境和与这些机器人交互所需的界面。这些机器人对观众构成了挑战，因为观众需要了解它们的程序特征，弄清楚如何成功地与之互动，以便展开故事。庞德斯通（William Poundstone）的“速读训练器项目”（Project for Tachistoscope）（2005）和门西亚（Maria Mencia）的“EI Poema Que Cruzóel Atlántico”（2005）要求读者访问网站阅读作品，并且要从一个读者的学习曲线中找出如何操作和体会作品。库弗（Roderick Coover）和雷特伯格（Scott Rettberg）的《心灵与头脑》（*Hearts and Minds*）是一部生成式和沉浸式电影作品，因对计算要求太高而无法在网上出版，只能通过视频文件和存储设备进行传播。

第二代数字作品寻求形式上的创新，这与现代主义诗学的主题不谋而合，普雷斯曼（Jessica Pressman）称之为“数字现代主义”（digital modernism）：

> 杰西卡·普雷斯曼在这里使用了“数字现代主义”一词，她是第一个详细阐述这个术语的评论家。她描述了第二代数字文学作品——这些作品以文本为基础，在美学上难以界定，在与大众媒体和流行文化的关系上充满矛盾。这些作品为对崇尚图像、导航

① 《Byte》是一本微型计算机杂志，因广泛的内容和独特的视角而在20世纪70年代末和整个80年代颇具影响力。

和互动胜于复杂叙述和细读的当代社会提供了内在评判。[①]

数字文学在第一代初具形状，但在第二代才开始在学术界展开和讨论。数字诗学指导着数字文学的产生、接受、发布和传播。从数字文学中获利的主要途径是在学术界、艺术界和其他领域开发文化资本，通过创新推动该领域的发展，同时与文学和艺术传统保持联系。第二代数字文学作家和艺术家往往不是通过出售作品，而是通过日常工作、艺术家驻站、学术职位、受邀表演和画廊展览、委托创作以及其他相关的实践来谋生。诗学创新和美学困境与声誉经济学（economics of the prestige）和文化资本市场并行不悖。正如克里斯丁鲍姆（Matthew G. Kirschenbaum）在电子文学组织（ELO）2017 主题演讲中所说："我认为……难度、严重性和概念密度都是保障数字文学成为学界和研究机构必须购买产品的因素；难度和严肃性正是这些机构所看重的。"[②]

第三节　第三代数字文学

第三代数字文学以社交媒体网络和广泛使用的平台和应用为基础，拥有大量的作品和观众，从业人员的数量庞大。职场对数字技能的需求使得程序员、设计师、数字制作人、web 开发人员的数量不断增长。在这些具备专业技能的作者中，仍有一部分人在第二代模式下创作。另外还有许多作者来自多媒体创作软件，如 Instagram、Snapchat、Imgflip 的用户，以及那些能够拍摄或上传照片、使用语言初始化、创建并分享动画的应用程序用户。即使他们并未意识到自己是在从事文学创作——在社会学意义上，"文学"仍然是由印刷世界中占主导地位的风格和模式界定的——但使用这些工具的创作者们已经离开纸张而跃入了数字文学的领土，这是至关重要的。不管是否意识到，他们都正在创造第三代数字文学。多种多样的软件工具（如 Twine、Unity、Javascript）、简单而免费的发布平台（如 Cheap Bots、Done Quick！、Philome.la）以及 Vine、Instagram、Snapchat、GIPHY 等社交媒体应用使得进入数字化创意的门槛越来越低。许多在第一和第二代数字文学中出现的风格和流派，如机器人、电子诗歌、视频诗歌、超文本小说、移动和单机游戏作品、虚拟现实和增强现实游戏等，在第三代中得以延续，同时也与第三代中的新型表现形式，如 Twitter 机器人、GIFS 等融合而焕发出新的生机。

机器人（Bots）是一个很好的用以检验代际划分如何在相同类型的数字文学中表现的例子。第一台聊天机器人 ELIZA 是由麻省理工学院于 1966 年开发的，此后，斯坦福大学 1972 年开发了机器人 PARRY。与这些机器人进行交互需要前往麻省理工学院，坐在专门准备的电传打字机前。有趣的是，这两个机器人之间的第一次对话是 1972 年在华盛顿特区举行的计算机通信国际会议上通过阿帕网（ARPANET）进行的。这在当时也算是一项令人瞩目的技术成就。当时使用计算机和网络的人主要限于精英大学、企业和政府机构等的计算机科学家。机器人的开发起先是由那些已达到一定计算机科学水平，如通过图灵测试的

① Pressman, Jessica. Digital Modernism: Making It New in New Media[M] New York: Oxford University Press, 2014: pix.

② Kirschenbaum, Matthew G. ELO and the Electric Light Orchestra: Electronic Literature Lessons from Prog Rock[J]. Materialities of Literature, 2018(6): 2.

专家们承担的,后来由开发交互式小说解析器、泥吧(MUDs)、聊天机器人的程序员、人工智能开发者,以及客服电话系统和电脑聊天机器人的设计者们进一步研发的。

在第一代和第二代数字文学中,艺术性和文学性的机器人相对较少,但通过社交媒体网络和 API 数据调用服务,第三代数字文学的类型得以更新和扩展。这些机器人已经超越了聊天机器人的子类,成为数字文学作品生成者;它们以人类或拟人化动物的概念和形式出现,在 Tumblr、Twitter、Facebook、Mastodon 或其他社交媒体网络上发布它们的内容。创建它们的技术与前几代的机器人没有太大的不同,但与创建自定义数据集不同,程序员从 API 服务中提取或处理内容,或者使用用户友好的平台,如 twinery 驱动的 Cheap Bots Done Quick!(CBDQ)。这些机器人不是通过单机版的用户体验,而是利用社交媒体网络作为语境和空间来开发受众。例如,当你在 Twitter 上时,一个机器人可能会对你发布的内容做出文学化处理,比如账号为@HaikuD2 或@Pentametron 的 Twitter 机器人可以检测到有可能被切成俳句[①]的(见图 2-2)或者恰好是五步抑扬格[②]的推文。

图 2-2 来自账号为@HaikuD2 的两篇推文

再比如以下的诗句:

That hesitation right before a kiss
I don't remember ever learning this
I've never had a valentine before
I'm not a little baby anymore

这是诗——用完美的五步抑扬格写成的押韵对联诗。但与普通的十四行诗或无韵体诗

① 俳句(haiku)是日本的一种古典短诗,是由中国古代绝句的诗歌形式在日本演化发展而来。一首俳句由三句、十七字音组成:首句五音,次句七音,末句五音。

② 五步抑扬格(iambic pentameter)是一种传统英文诗歌和诗剧的音步。抑扬格音步由两个音节组成,前轻后重;一个句子里若有五个音步,则称为五步。莎士比亚在他的戏剧和十四行诗中大量使用了这种音步。

不同,这些诗句是在艺术家巴特纳加(Ranjit Bhatnagar)编写的名为 Pentametron 的程序的帮助下写的。它筛选一天内公开发布的所有推文,挑出恰巧是五步抑扬格的句子,然后再去寻找另一句与其尾韵相匹配的句子,最后会在推特上发出一首对联(couplet)。"

再以 Twitter 机器人"Magical Realism Bot"为例,它是由悉尼大学的计算机科学家阿里·罗德利和克里斯·罗德利(Ali Rodley and Chris Rodley)团队创建的。他们的研究主题是社交媒体对数字写作的影响。这位魔幻现实主义机器人每四个小时自动生成一个 140 个字符的故事,包含各种元素随机组合——学术人物、神话生物、哲学争论等。这种输出可能是有趣但荒谬的,例如,

> 一个算命先生翻了一张上面有谷米熊的塔罗牌。他对你说:"你的命运是成为一名精神科医生。"
>
> 一个由数学家组成的学术团体,每年在一个破败的犹太教堂里聚会一次,决定地球上生命的命运 。
>
> 松树对公主低声说:"我希望我是一丛玫瑰。"蜂巢对歌剧演唱者低声说:"我希望我是一座歌剧院。"

这些句子读起来不像是简单的计算机程序,而更像是翁贝托·艾柯(Umberto Eco)小说中的场景。这也从一个侧面说明机器人和传统写作之间的联系比看起来更紧密。

第三代作品响应了新的市场、平台和货币化带来的可能性,并且在不需要学界首肯和验证的情况下得以发展。那些首先在 Instagram 上发表作品的诗人,如考尔(Rupi Kaur)、里亚夫(Lang Leav)和德雷克(Robert M. Drake)都拥有庞大的读者群体,在此基础上出版的诗集销量空前。斯凯恩斯(Lyle Skains)在《商店不售:数字小说的商业化潜力》(*Not Sold in Stores: The Commercialization Potential of Digital Fiction*)中讨论了数字小说商业化的一些途径,如通过 Steam 商店销售的 Twine 游戏和生活模拟类游戏、以印刷版出售的网络漫画、同人小说和超文本作品等。一些新的商业化模式可让第三代作品达到良好的发行量,包括像 Patreon 这种为艺术家筹集发展资金的众筹平台、广告收入以及应用商店和应用嵌入式(in-app)销售。

也正是为了适应商业化和市场化的要求,第三代数字文学作品的一个重要特点是走近受众,利用受众对平台的掌握程度进行创作。与第二代创作者不同的是,他们拒绝"困难美学",认为审美难度会破坏第三代作品蓬勃发展的传播能力和商业化范式。正如克里斯鲍姆指出,新一代数字文学的一个重要催化剂是"数字文学的持续增长和多样化,而不是依赖于学界在评价先锋派时赋予其的任何矛盾或复杂性"。[①] 2018 年,一个名为《懒猫》(*Lazy Cat*)的故事在 Facebook(脸谱网)上的点击量超过 6 800 万,在 YouTube(优兔)上的点击量超过 3 100 万。这个故事以一段视频的形式呈现了猫咪和主人之间的短信对话(图 2-3)。从文学角度来看,这是一个有趣的故事,观众通过短信对话很好地捕捉到了猫的个性。但从技术角度看,它是使用某种信息软件和屏幕录制技术制作的视频,并没有多少创新性。然

① Kirschenbaum, Matthew G. ELO and the Electric Light Orchestra: Electronic Literature Lessons from Prog Rock[J]. Materialities of Literature, 2018(6): 2.

而，它的流行源于幽默的故事、对猫文化的利用，对手头有限的短信词汇、标点符号的巧妙使用，以及标签功能的使用等。这些视频不仅使用 Facebook 和 YouTube 社交媒体进行发布，还利用它们的广告服务获取收益。

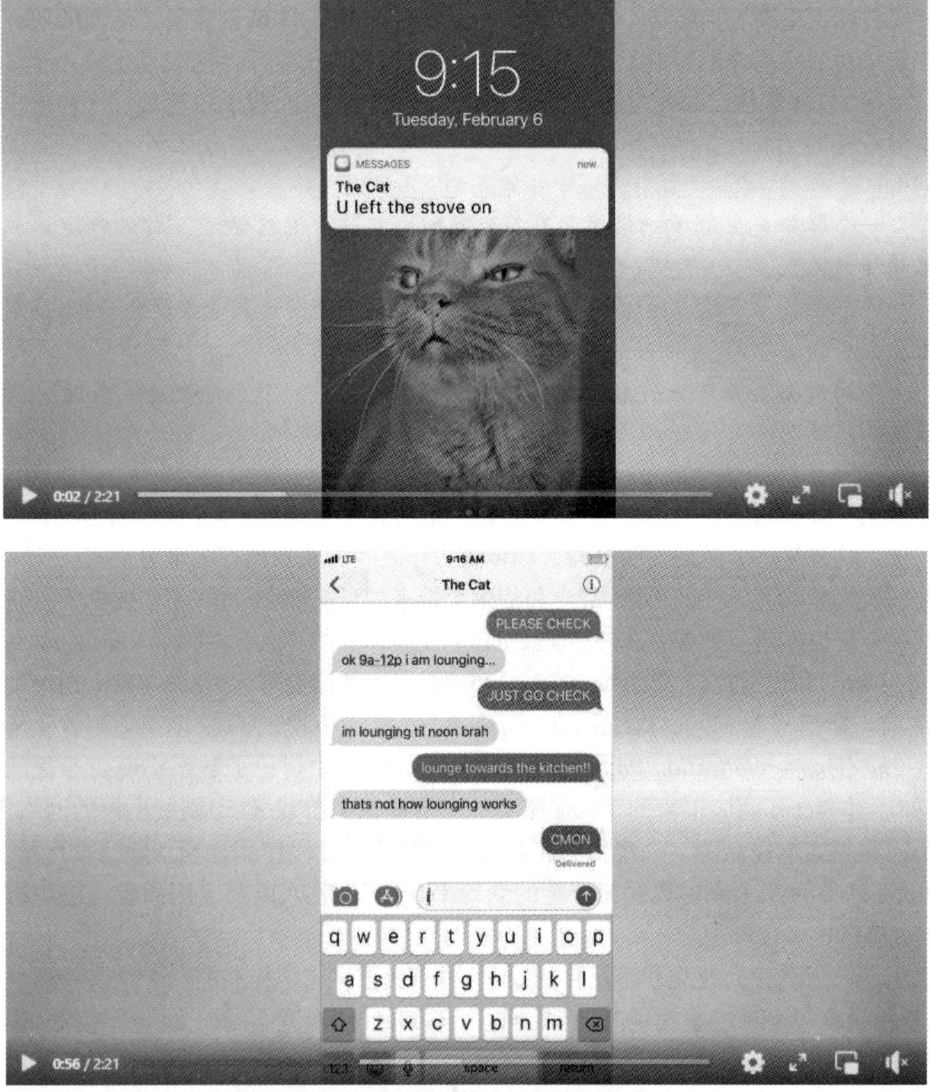

图 2-3 《懒猫》手机屏幕播放时的截屏

《懒猫》一类的作品重新定义了故事的开发、包装和分发方式。它们是专为电影、电视和数字媒体，而不是为纸媒介设计的叙事模式。这可能是第二代和第三代数字文学之间最深刻的区别之一——第二代数字文学本身与印刷世界形成的文学传统（纸媒杂志、文学选集、博客）和艺术世界（画廊展览和装置）并行，第三代数字文学认同电子和数字媒体的格式和发布模式，创作出视频游戏、互动游戏等数字内容。在印刷语境下，作为创作天才的作家和艺术家原本或独立或合作创作，然后交由专业的工艺人员（编辑、布局设计师、插图画家、排版工、印刷工、装订工和其他人)制作和定型,以达到出版的目的。而网络将生产工具归还给作者个人并鼓励 DIY 自我出版美学时,学术界则将这些实践与著名作家兼艺术工匠,如威廉·布莱克(William Blake)和威廉·莫里斯(William Morris)联系起来,将其提升为数字诗学的组成部分。

结语

自 2018 年弗洛雷斯(Leo Flores)宣布数字文学创作进入新阶段以来,学者们对代际的划分标准也展开了深入的讨论。基于海尔斯对第一代和第二代电子文学的定义①,弗洛雷斯将"第三代电子文学"总结为"使用具有大量用户基础的成熟平台"或"一种响应 web 2.0 诞生并扩展到今天的基于应用程序的文学作品"。② 根据这一定义,曼福特(Nick Montfort)将后者称为"后网络"(post- Web)作品,认为它们是基于不依赖于万维网的应用程序访问或发布的。③ 在这一时期,数量空前的数字文学创作者崛起,即使他们中的许多人并不知道电子文学组织的存在,更不会意识到自己是第三代数字文学作家。软件工具的易用性和可用性使得数字写作的进入门槛越来越低,因而大众性上升为第三代电子文学的主要特征。著名的数字文学研究者弗洛雷斯(Leonardo Flores)的列表清晰地表明了第二代与第三代数字文学之间的区别(表 2-1)。④

表 2-1

第二代	第三代
看似原创;形式创新	加工已经存在的形式
为作品构建并改编界面	采用已有的界面
读者必须学会运行作品	读者对平台很熟悉
观众走近作品	哪里有观众作品就在哪里发布
现代主义和实验主义诗学	后现代主义和流行文化诗学
作品新、有难度、国际范儿	混合、模仿、改编
与艺术和文学传统关联	与粉丝和互联网文化关联

第二代数字作品追求原创性和形式创新,而第三代则探索现有的形式、已建立的平台和界面。他们对原创性不那么感兴趣;他们更愿意对作品进行混音、衍生、复制和直接剽窃,经常自定义和加入个人风格。对于第二代作品,读者必须学会如何运行——许多作品需要说明阅读方法,同时也有一些数字作品阅读方法的著作,如方可豪瑟尔(Chris Funkhouser)的

① Hayles, N. Katherine. Electronic Literature: New Horizons for the Literary[M]. Indiana: Notre Dame UP, 2008.

② Flores, Leo. Third Generation Electronic Literature. electronic book review[EB/OL]. [2019-04-07]. http://electronic-bookreview.com/essay/third-generation-electronic-literature/.

③ Montfort, Nick. A Web Reply To the Post-Web[EB/OL]. Post Position, Nick Montfort's personalblog[EB/OL].[2018-08-26]. https://nickm.com/post/2018/08/a-web-reply-to-the-post-web-generation/.

④ Flores, Leo. Third Generation Electronic Literature. electronic book review[EB/OL]. [2019-04-07]. http://electronic-bookreview.com/essay/third-generation-electronic-literature/.

《数字诗歌的新方向》(*New Directions in Digital Poetry*)。第三代作品是基于读者已经熟悉的界面和类型,作品通常不会挑战读者既有的知识储备。这就是为什么第二代作品被发布在网站上,读者必须经常用电脑访问,需要插件来访问,而第三代作品则追求用更简单的、为人熟知的作品模式去接触某个已经存在的读者群。也许最显著的区别在于数字现代主义和后现代主义之间的界限,以及它们各自对高雅文学与文化和流行文化的喜好。在作者方面,大多数第三代数字文学作家都是出生于数字化时代的年轻一代,他们把实验性的东西自然化了。他们的作品可能稍显稚嫩,与过去的艺术和文学传统有所脱节,但它们却是更直接地在数字文化生态圈中形成的。高质量的作品从充满活力和大规模的数字文学作品中脱颖而出只是个时间问题。

弗洛雷斯还提出了六个“谬误”来引导人们客观地看待数字文学代际间的关系[①]:

先锋谬误(the pioneer fallacy):开创性的作品虽具有历史意义,但并不意味着它们一定是成功的;相反,它们往往有趣但却最终失败。

代际谬误(the generational fallacy):新一代的作品并不一定优于上一代的作品。比如第三代作品的受众广大,但第二代作品的技术复杂性和审美难度却为研究者津津乐道。

技术谬误(the technical fallacy):复杂的技术并不等同于优等的质量。

病毒谬误(the viral fallacy):超级受欢迎的不一定就是好作品。比如《懒猫》得到了广泛关注,但它是否能经历时间的考验成为经典还不能确定。

时髦谬误(the hipster fallacy):评估作品质量的关键不在于是使用了精细打磨的软件还是自己手工编码来完成的。

用户谬误(the user fallacy):任何平台或媒体的用户都可能是潜在的数字文学作者;他们的即时聊天和对平台的使用对于文学创意而言都可能是有价值的。

像任何新型的文学风格、流派和类型的发展轨迹一样,数字文学也有它的萌芽、雏形、培育的土壤和进化的环境。作者探索、发现,利用各种技术提供的可能性构建作品的语料库,他们的诗学日趋成熟和完善。学者们研究和教授作品,在该领域著书立说,策划展览,筹备期刊、收藏、档案和其他资源。数字文学社区的建立和世界各地的其他学术和艺术社区的蓬勃发展就标志着很多国家或地区已经进入了有规模和有系统的研究阶段。人们创作数字文学,却并未意识到他们的作者身份,这说明数字文学的数字性和物质性开始消退,趋向自然。这就是正在发生着的数字文学。

---

① Flores, Leo. Third Generation Electronic Literature. electronic book review[EB/OL]. [2019-04-07]. http://electronic-bookreview.com/essay/third-generation-electronic-literature/.

第三章　数字文学研究综述

电子文学组织（ELO）的联合创始人，著名数字艺术家和电子文学学者斯科特·雷特博格（Scott Rettberg）在他编纂的著作《电子文学》（2019）中对电子文学给出了简单明了的定义："探索计算机和网络特定功能的新写作形式和流派——没有当代数字环境就不可能出现的文学。"[①]。换言之，数字文学是与计算机与网络技术相伴随产生、发展和演化的。数字文学的创作和研究最早都出现在计算机和互联网应用较早且较广泛深入的国家。如上一章所述，1952 年英国科学家特雷奇的"情书"，1959 年德国学者卢茨的"随机文本"，以及 1966 年美国的聊天机器人都是数字文学的先驱。

总体而言，数字文学的研究有以下特征：

第一，从研究者的背景看，数字文学研究者多具有文学研究者、作家、软件设计者、主题网站管理者等多重身份，实践性非常强。比如经典的超文本小说《下午，一个故事》的作者麦克·乔伊斯（Machael Joyce）也是著名的超文本写作软件 Storyspace 的开发者之一。再比如公认的超文本文学理论研究的先锋乔治·蓝多（George Landow）既是布朗大学艺术史教授，同时也是"维多利亚文学网""赛博空间超文本和批评理论网"的创始人和管理者。

第二，基于研究者纷繁的学术经历和背景，研究内容广泛深入，呈现出跨学科和跨媒介的特征。聚集于数字文学领域的艺术家和理论家来自不同的传统——从文学和媒体研究到计算机、信息科学和艺术史，各自都带来了属于它自身学科的假设、途径、方法和问题等。

第三，跨国学术交流与合作层出不穷。2007 年至 2010 年由美德联合出版，作为电子文学组织（ELO）主要文献的数字文学系列文集《媒体巨变》（*Media Upheavals*）汇聚了来自德、美、法、芬兰、西班牙和瑞士具有国际声望的学者探讨数字化语境中文学交流的断裂和剧变，该作品代表了近些年学界数字文学研究的最全面成果。再如，从 2009 年起，由英国利弗休姆基金（The Leverhulme Trust）资助的项目"数字文学跨国联络网"（The Digital Fiction International Network）项目就旨在加强英、美、新西兰、挪威和加拿大的学者在数字文学研究和实践方面的交流与合作。

第一节　数字文本的考古分析

数字文本是文学载体经历莎草纸、手抄本和印刷版本以来的第四次转换，而这种载体（媒介）和表达方式的演化对于文学创作有着深远的影响。许多研究都是对这一演变过程的历时性回顾，重在展示各类媒介环境中文化产品的内涵；虽然是文化现象的广泛性研究，

① Rettberg, Scott. Electronic Literature[M]. Cambridge: Polity Press, 2019.（补充：Scott Rettberg is an American digital artist and scholar of electronic literature based in Bergen, Norway. He is the co-founder and served as the first Executive Director of the Electronic Literature Organization. He leads the Center for Digital Narrative, a Norwegian Centre of Research Excellence from 2023-2033. 雷特博格是美国数字艺术家和电子文学学者，现居挪威卑尔根。他是电子文学组织的联合创始人，并担任第一任执行董事。他将在 2023—2033 年领导挪威卓越研究中心——数字叙事中心。）

但相当一部分探讨是以文学文本作为参照物。

佐治亚理工大学文学、媒体与传播学院教授杰·伯尔特（Jay David Bolter）的里程碑式著作《写作空间》[①]（*Writing Space：a Hypertext*）（1991）以"流质可塑性"和"网络"为基准衡量和评价西方历史中出现过的各种书写媒介，包括陶片、纸卷本、手抄本、现代印刷本、超文本等。他指出："每一个文化和时代都有自己复杂的写作经济——一种物质、技术、文类和文化态度及使用之间的动态关系。"在印刷书籍的概念空间中，写作是稳定的，不朽的，全权由作者掌控的……数字写作的概念空间则以流动性（fluidity）和读者与作者的互动关系为特征。这些不同的概念空间助长了各式写作风格和流派，以及文学理论。

数字文学是传播媒介生态系统中的一个节点，因而常被置于以数字技术的应用为标志的新媒体研究中。加州大学计算媒体系教授诺亚·弗洛因（Noah Wardrip-Fruin）编纂的《新媒体读者》[②]（*The New Media Reader*）（2003）是为新媒体建构谱系学的标志性著作。它将从第二次世界大战到万维网期间的计算机技术和现代艺术按照时间顺序对应起来，在每一个技术发展的节点上提供两类历史上具有开创意义的文章：计算机科学家设想或描述未来技术的理论性文本，现代作家和先锋艺术家的文学艺术性文本。比如20世纪40年代博尔赫斯的故事《交叉小径的花园》和IT理论家瓦纳西·布什的《我们如是想象》都是对分层结构如何反映人类经验的设想。该书显然要将计算机科学和人文科学融会贯通，将各种话语串联起来，在相互参照、质疑、辩驳、汲取中拓展了文本和理论研究的思路。如编者所言，新媒体技术——计算机程序、图形化的人机界面、超文本、多媒体、无线或有线联机——不仅已经实现了隐匿于作品中的艺术家思想，而且还将这种思想延伸至超乎他们原本想象的地步。

英国以出版学术著作著称的布莱克威尔（Blakwell）出版社推出的《数字文学指南》（*A Companion to Digital Literary Studies*）（2008）可谓一部文学数字化进程的百科全书，它的重点既不在理论建构上，也不在文学文本的分析上，而是将"文学"作为一个集合名词进行本体论研究。它分别从"传统""文本"和"方法论"三个层次追溯文学从物理文本到虚拟文本的历史。比起以上两部著作，它更具实用性：比如，读者可以按常规的文化分期——古典时期、中世纪、现代主义初期、18至21世纪——查看这一时期经典文学的在线资源建设情况；它是考古研究，因为它跟随数字技术进阶的步伐讲述了"文学"从印刷到屏幕、从界面隐喻到虚拟现实、从数字诗歌到虚拟游戏中的经历；它也是对技术的讨论，因为文学研究中的计算机信息处理技术是一门广泛深邃的学问，时至今日，文学的创作、传播、保存、接受等方面早已被该技术浸透了。

第二节　印刷与数字文学媒介的对比研究

数字文学是在印刷文学五百年的"暴政"统治后来临的，它的读者因带着在印刷时代已经形成的习惯，包括印刷规范、阅读习惯、叙事模式等，对于数字文本，乃至纯数字文学的接受需要一个过程，因此绝大多数论著都会采用类比法，将两种媒介并置论述。

---

① Jay David Bolter. Writing Space：Computers，Hypertext，and the Remediation of Print[M]. Mahwah：Lawrence Erlbaum Associates，2001:21.

② Noah Wardrip-Fruin. The New Media Reader[M]. MA：The MIT Press，2003.

事实上，如伯尔特所言，“超文本是电子媒体的排版模式”[①]，换言之，附带超链接的文本是电脑和互联网运转的核心，是对它们来说最自然和传统的书写模式。因此，印刷与数字两种媒介间的对比在很大程度上是纸介质平面文本与数字化超文本的对比。《写作空间》对此有着深入的论述，伯尔特还说：“没有超文本风格，数字写作只不过是文字处理，并不能宣称自己区别于印刷的线性写作。”[②] 印刷形式是线性或层级的，而超文本是多向且关联性的；印刷文本是静态的，而超文本会对读者的触碰做出反应。读者可以以各种阅读顺序在超文本文件中穿梭。多向性和互动性是否真的能使超文本优于印刷文本是由文化决定的。

海尔斯的《印刷是扁平的，代码是深刻的》[③]（*Print is Flat*, *Code is Deep*）（2004）和超文本和互动小说研究者道格拉斯（J. Yellowlees Douglas）的《超文本叙述的可为与印刷叙述的不可为》[④]（*What Hypertext Narratives Do that Print Narratives Cannot*）（2001）的主题相似，都是以印刷介质的实验性文学作品和经典的数字小说为例证，通过两种媒介的对比来凸显数字文本的特质。

海尔斯认为人们在印刷语境中的灵感已消失殆尽，数字媒体如一针强心剂唤醒了人类的“媒体”意识。她在为数字文本时代来临欢呼雀跃的同时，也坚持认为每一种媒体都不能独立于其他媒体而存在，媒体间有着连贯的“递归”（recursive dynamic）关系。任何一种媒体在炫耀自身优势的同时都不能否认这种优势在相当程度上模仿了前任媒体；任何一种媒体都无可避免地经历被夸赞、压制、颠覆和再思考的过程，数字媒体也不例外。海尔斯总结了数字文本，尤其是超文本的九大特征，并在表现手段、实现程度、技术要求等方面与印刷进行一一对比。她反对把数字化视为书的终结者，认为数字媒体给人们带来了前所未有的机会——用新的眼光看待印刷，重新审视在根深蒂固的印刷文化土壤里生根发芽的文学与批评理论。

与之相反，道格拉斯对印刷介质的前途并不乐观。她以“可中断性”“优雅降级”“无限数据库”等六条原则来衡量印刷与超文本叙事的“互动性”程度，指出，无论程度深浅，当今文学必须面对的三个问题是：面对没有结局或开放、矛盾结局时，读者如何应对？叙事如何从间隙中建构事件顺序？读者如何在虚拟三维空间的复杂网络里穿梭浏览？道格拉斯在文章结束时再次强调，现在我们浏览的数字文本，对于印刷读者而言是个无比陌生的空间，但同时也是一个印刷空间望尘莫及的、大胆的、可以确保作者和读者都自由的全新的世界。超链接技术能够使人们的知识以非线性、非时序性和联想性的方式得以丰富——而这些是线性文本难以企及的。

---

① Jay David Bolter. Writing Space: Computers, Hypertext, and the Remediation of Print[M]. Mahwah: Lawrence Erlbaum Associates, 2001:117.

② Jay David Bolter. Writing Space: Computers, Hypertext, and the Remediation of Print[M]. Mahwah: Lawrence Erlbaum Associates, 2001:114.

③ N. Katherine Hayles. Print Is Flat, Code Is Deep: The Importance of Media-Specific Analysis[J]. Poetics Today, 2004, 1 (25):67-90.

④ Douglas J. Yellowlees. The End of Books——or Books Without End?: Reading Interactive Narratives[M]. Ann Arbor: University of Michigan Press, 2001:46-72.

第三节　媒体特质分析

数字化语境下的文学总是与数字技术和媒体发展密不可分。数字文学充分利用可程序化媒体的多种表现手段进行创作，呈现出了比印刷文学更为丰富的面貌，因而媒体特质分析就成为数字文学研究的重要议题。

从技术原理上讲，数字文本必须恰当地运行代码后方可被访问。文本代码运行的即时性对于理解数字文学，尤其对于欣赏它作为文学和技术的共同产物的特殊性都是非常必要的。格雷泽（Loss Pequeño Glazer）在《数字诗学：超文本，可视—动态文本和可编程媒体中的写作》[①]（*Digital Poetics: Hypertext, Visual-Kinetic Text and Writing in Programmable Media*）（2001）中提出，操作的物质性对于实验性印刷文学和创意性数字作品而言都是至关重要的。代码必须如屏幕一般被视为数字文学"文本"的一部分。比如网页就要依靠"超文本标记语言"（HTML）和"可扩展标示语言"（XML）或其他类似的标记语言等恰当的格式。数字艺术文化学者盖洛韦（Alexander Galloway）在《协议》（*Protocol*）中扼要地概括了这个问题："代码是唯一可以被执行的语言。"[②] 与印刷书不同的是，从字面上讲，不运行代码的数字文本是无法读取的。

海尔斯的《写作机器》[③]（*Writing Machine*）（2005）较早提出"媒体特质分析"（media-specific analysis）的概念，表现出对文本物质性的敏感。她提出"物质性即内容，内容即物质性"（Materiality is content, and content is materiality），以呼应古典的有机形式论"形式即内容，内容即形式"。她认为，物质与语言的割裂严重地影响了学术界对于文本物质的和副语言（subverbal）重要特性的认识。随着数字文本性在文学研究中普遍深入，坚持文本是非物质的观点将难以理解把印刷文本导入电子环境的重要性。海尔斯从数字文本的九个方面进行了具体的论证：如计算机代码的生成过程、分散式认知与阅读环境、动态和可转换性、移动空间等。海尔斯创造的"技术文本"（technotext）一词也凸显了媒介的存在，为后来的学者津津乐道。

以研究新媒体叙事和可然世界理论著称的学者劳尔·瑞恩（Marie-Laure Ryan）对媒体物质性也有很深入的研究，她重在阐释数字媒体对于叙事建构和意义获取方面的影响。在《虚拟现实叙事：文学和电子媒体中的沉浸与互动》[④]（*Narrative as Virtual Reality: Immersion and Interactivity in Literature and Electronic Media*）（2001）中，她指出，数字技术赋予叙事的最重要功能是互动性。"标准化印刷文本的读者从不变的语意基底中建构起个性化的解释，而互动文本的读者参与到可见符号所显示的文本建构中"。她总结的数字媒介的七个特性是：可移动性、万花筒功能、程序性、超媒体性、中断性、动态模式、时间迁移。瑞恩最不寻常之处在于她不仅对叙事学，而且对计算机程序的深入理解。她常常用计算机术语，如"堆

---

① Loss Pequeño Glazier. Digital Poetics: Hypertext, Visual-Kinetic Text and Writing in Programmable Media[M]. Tuscaloosa: University of Alabama, 2001:43.

② Alexander Galloway. Protocol: How Control Exists after Decentralization[M]. Cambridge: MIT Press, 2004:165.

③ N. Katherine Hayles. Writing Machine[M]. Cambridge and London: MIT Press, 2005.

④ Marie-Laure Ryan. Narrative as Virtual Reality: Immersion and Interactivity in Literature and Electronic Media[M]. Baltimore: Johns Hopkins University Press, 2001:11.

栈”“递归”“先进先出”和“后进先出”等和复杂的叙事结构相类比。这非常有利于读者对叙述和计算机工作原理建立起联系，但对他们的计算机知识也有较高的要求。

仅从以上两位学者的研究就能发现，文理兼修，走科学与艺术结合之路是当下新媒体诗学、传媒文化，以及数字艺术研究者的必由之路。

第四节　文本细读

著名的文学批评家玛乔瑞·帕洛夫指出，没有细读、比较和对比，就无法理解诗歌。诗歌不是一种“被读”的写作形式，它只能被重读。[①] 文学批评是基于文学文本的分析和阐释，脱离了文本，所谓的理论也只能流于空谈，毫无价值可言。数字文学理论者非常清晰地意识到了这一点，在文本细读方面积累了丰富的经验，业已形成了叙事学方法、社交媒体和游戏学方法、符号—修辞学方法。

在叙事学方法中，学者们使用叙事学理论分析数字文学，讨论这种发端于印刷文学的传统方法在多大程度上适用于数字语境。在《10：01 中的媒体特质越界》（*Media-Specific Metalepsis in* 10：01）中，爱丽丝·贝尔（Alice Bell）指出数字文学促成了新型的视角越界。她更加具体地表明上升和下沉的视角越界是通过声效、外部链接来实现的，从视觉上，是通过读者用来选择链接的鼠标来实现的。她指出，可然世界理论（possible world theory）提供了一个比热奈特的模式更好的方法，尤其在数字语境中，因为它允许我们更精确地分析视界跳跃中读者的作用。在《数字小说和视角世界》（*Digital Fiction and Worlds of Perspective*）中，新西兰奥塔格大学的英语语言学学者大卫·西克里克（David Ciccoricco）对叙事理论分析非印刷文学的能力提出了质疑。他首先概括了经典叙事理论中的“焦点”（focalization）模式，之后分析了嘉德·莫瑞赛伊（Judd Morrissey）的《犹太的女儿》（*The Jew's Daughter*）（2000）和斯图亚特·摩斯洛普（Stuart Moulthrop）的《无线电突出》（*Radio Salience*）（2007），表明了叙事理论如若应用于数字文本叙述就必须被重新讨论的理由和途径。

在社交媒体和游戏学方法中，学者们从社交和互动媒体，以及游戏研究的角度检视了合作式小说和叙事类电脑游戏。加拿大著名的游戏学研究者恩斯林（Astrid Ensslin）在《与规则游戏而非遵守规则》（*Playing with Rather than by the Rules*）中给出了从功能学的游戏—叙事者视角对同类小说游戏《路》（*The Path*）进行的阅读分析。它在理论上借助了“转轨”（détournement）这个情景主义的概念，尤其着眼于元游戏性、隐喻谬误和虚幻代理等元素。在《寻找故事的 140 个字》（140 *Characters in Search of a Story*）中，布朗温·托马斯（Bronwen Thomas）思考了 Twitter 小说（Twitter fiction）提供的一种新的故事讲述经验。他比较了两种有明显差异的形式，聚焦于所使用的叙事策略和对媒体可供性的使用上，同时也讨论了故事的审美和未来的发展模式。苏珊娜·托斯卡（Susana Tosca）在《玩家的自我炼狱》（*The Player's Very Own Purgatory*）中研究了《健忘症：黑暗的堕落》（*Amnesia：the Dark Descent*）这个气氛诡异，要求玩家沉浸其中的游戏。她将链接的语用学方法论应用于视频游戏的媒体上，探索混合数字叙事的可行性。伊莎贝尔·科莱博（Isabell Klaiber）的《读写一同》

① Marjorie Perloff. Poetics in a New Key：Interviews and Essays[M]. Chicago and London：The University of Chicago Press，2015：26.

(*Wreading Together*)深入分析了出自两个合作式写作平台 1 000 000 monkeys.com 和 protagonize.com 的故事,证明了多方合作式的在线写作项目在文本层面上叙事的非一致性如何服从于合作式互动的动态性,并且,在线合作的叙事一致性也因此显现出不稳定、可晋级、可修改和可收集的特性。

符号—修辞学方法证明的是使用符号学理论分析数字文学的价值。数字文学中存在符号嬉戏的问题,因为符号总是出现在与其他符号或符号系统的组合中,并且是作为读者施为性的结果显现出来的。拉斯泰德(Hans Kristian Rustad)的《词语、意象和声音之间(中)》((*In-*)*Between Word*, *Image*, *and Sound*)分析了蒲灵杰(Kate Pullinger)的《飞行路线》(*Flight Paths*)(2010),讨论了作品可作为文化冲突来阅读的原因和方式。该论文以美学和符号学方法考量了文化差异和霍米·巴巴的"第三方"概念如何在文字语言、隐喻、图画、动画和电影的互戏中得以显现。文章还讨论了关注数字文学多模态审美的重要性,并且提出了如何着手于这种多模态维度的理论建构。塞尔日·柏茶东(Serge Bouchardon)的《数字文学中的手势操作图》(*Figures of Gestural Manipulation in Digital Fictions*)宣称读者的手势操作本身就是一种符号,是作品的意义合成步骤中的一部分。他认为读者缺乏分析手势操作之作用的工具,并为此提出了一个基于符号学与符号—修辞学理论的模型。亚历珊德拉·萨伊莫(Alexandra Saemmer)也十分关注读者手势操作的意义,并且对伯根海格(Susanne Bergenheger)的《炸弹时间》(*Zeit für die Bombe*)(1997)进行了细读。她尤其指出了操作图形、动画和阅读设计的特征是如何贡献于作品的沉浸式潜力的,因为它们在同一时间打扰但也确定了读者的期盼。

第四章　数字文学的发端:从传统媒体到新媒体的跨越

希利斯·米勒(Hillis Miller)在探讨"数字时代为何要读文学"的话题时指出,数字时代给社会带来的主要变化是诸如书本、知识和信息在概念上的变化。图书馆更愿意被称为信息中心,图书馆员变成了信息专业人员,读者成了用户,文献转化为内容。"我们变得愈加实用主义,总是盼望尽可能快地获取信息,而不是细细品味书(或称信息源?)之智性和视觉的愉悦。"① 米勒把主导媒介中从印刷书本向各类形式的数字媒体的大规模转移,称为"前数字化"(prestidigitalization),它意味着印刷小说、诗歌和戏剧这些旧式意义上的文学在决定民众思潮上起到的作用越来越小。维多利亚时代英国中产阶级的读者进入查尔斯·狄更斯、乔治·艾略特、伊丽莎白·盖斯凯尔的小说世界中学习礼仪之道,领悟婚姻的真谛;而现今人们通过观看电影、电视,通过电脑游戏、流行音乐来满足自身对于想象或虚拟现实的需要。

如果仅仅因为语言符号或形式是一样的就认为计算机屏幕和印刷页面上的文本在本质上是相同的,这只能表明计算机是迄今为止最成功的模拟机器。但更重要的事实是,计算机能够如此成功地模仿是因为在物质特性和动态过程中,它与印刷技术相去甚远。1971年由迈克尔·哈特(Michael S. Hart)发起并延续至今的"古腾堡工程"(Gutenberg Project)是世界上最早的数字图书馆,致力于将公共领域的纸质著作以多种数字化格式进行保存,一来为了保护古老和经典的文献资源,二来以开放的形式,在相当长的一段时间里供用户免费下载阅读。然而,数字化的内涵远非从书本到屏幕的"移民",软件、网络等文学生产手段也不再是传统意义上低技术含量的"纯粹工具",而是高智能化为人的"助手",形成了人机一体的"赛博格(cyborg)作者"。这是一个文学在新媒体时代的嬗变过程。

"数字化"(digitalization)是通过计算机和网络将复杂多变的信息转化为一系列二进制代码0和1的过程;换言之,计算机中所有的信息,如声音、图像、图形、颜色、符号、程序、指令等都能用0和1表示。数字化是计算机的核心技术,是信息得以虚拟化和网络化的基础和保障。② 数字文本即数字化了的文本。

第一节　数字文本的功能可供性

"文本"概念经历了一个演变的过程。在文学现象学中,英伽登(Roman Ingarden)坚持认为"文学艺术作品"的整体性取决于其各部分的"顺序安排";没有这个线性稳定性,作品

① J. Hillis Miller. Cold Heaven. Cold Comfort: Should We Read or Teach Literature Now? [M]//Paul Socken. The Edge of the Precipice: Why Read Literature in the Digital Age?. Montreal: McGill-Queen's University Press, 2013:154.

② [美]尼葛洛庞帝. 数字化生存[M]. 胡泳,范海燕,译. 海口:海南出版社,1997:6.

就不会存在。他在承认文本客观形态的重要性的同时，也将它归纳成一个既定物。[①] 斯坦利·费希（Stanley Fish）则认为“文本”是为既定的团体组织起来的代表意义的元素。[②] 他强调文本的受众——持有相同阐释策略的群体，以及文本内容的抽象性——有意义的元素，即并非由文字构成。麦克·查尔斯（Michel Charles）的定义是：“文本是由媒介传送的，在特定情况下实现的语言存在；它是为内容提供形式的一套表达方式”。[③] 与费希不同的是，他强调了媒介，即文本的载体，以及言语行为的在场，即语言的生命只有在给定的情形中被实现时才存在。而对法国理论家弗朗索瓦·哈斯杰（Francois Rastier）来说，文本是“经验上经过证实的语言学的组件，产生自一套特殊的社会实践中，并且依附于某种形式的支撑”。[④] 他认为这种物质支撑，即媒介，是文本状态和定义的本质部分。

由上述内容可以看出：其一，文本的内容并不应局限于文字，只要是表意结构就可被视为文本；其二，也是最重要的，随着时间的推移，文学创作中的媒体意识愈加强烈。费希和英伽登的观点当然也不足为奇，因为只有当人们开始注意到媒介和它产生的影响时，才能意识到它的存在。20 世纪中叶电子计算机发明之后，人们愈加清晰地认识到一种新的文本技术来临了，它可能比之前的任何媒体都灵活和强劲。用于信息储存和检索的电子系统，也就是数据库，指示了一种使用文本材料的新型方式。理论上讲，数据库近似于文件柜，不过它带有自动化和瞬时传输的速度，使得根本不同的文本实践，比如独立文本片段的集合、重复、循环，片段之间的相互参照、不连续跳跃等成为可能。在物质层面上，阅读的表面是与存储的信息相分离的，“文本本身”一分为二成两个独立的技术层次，即界面和存储媒体；在社会层面上，巨大的文本可以被若干个人在同一时间，从地球上的不同地方搜索、浏览或更新。

第一，数字文本是通过执行代码和程序来编写和读取的。

代码（code）就是人类可读的计算机语言指令，所有的程序都是用代码编写的，比如网页是依靠 HTML（超文本标记语言）、XML（可扩展标示语言）或其他类似的标记语言等恰当的格式来运行的。用鼠标右键单击打开的网页，点击“查看网页源代码”时就可以看到当前网页的代码。代码是数字文本的基础部分，数字文本与印刷文本的区别就在于必须恰当地运行代码后方可被访问。海尔斯在《印刷是扁平的，代码是深刻的》一文中指出：“在计算机上，指符不是以经久刻入的扁平符号，而是以代码的图层集合生成的图像形式存在的，这些代码通过统一的规则精确地互相连接。”[⑤] 正因如此，数字文学对作者的创作和读者的阅读过程提出了较高的要求。被公认为在美国人文计算（humanities computing）领域具有开创性研究的学者默里（Janet H. Murray）提醒研究者注意新媒体的内在本质是程序性，并且电脑主要“不是用来承载静态资讯，而是用以体现复杂、偶发的行为”。[⑥]

对于印刷小说而言，阅读意味着读者解码一本耐久性材料的文稿，在自己头脑中创造出被语言所描述的画面。而对于数字文本，编码／解码的操作被分散于作者、电脑和读者身

① Espen Aarseth. Cybertext：Perspectives on Ergodic Literature[M]. Baltimore：Johns Hopkins University Press，1997：13.

② Stanley Fish. Is There a Text in this Class? [M]. Cambridge：Harvard University Press，1980.

③ Michel Charles. Introduction to the Study of Texts[M]. Paris：Seuil，1995：47.

④ Francois Rastier. Arts and Science of the Text[M]. Paris：PUF，2001：21.

⑤ N. Katherine Hayles. Print Is Flat，Code Is Deep：The Importance of Media-Specific Analysis[J]. Poetics Today，2004，1 (25)：72.

⑥ Janet Murray. Hamlet on the Holodeck：The Future of Narrative in Cyberspace[M]. New York：Free Press，1997：71.

上。作者编码，但读者不是单纯地解码，而是由计算机解码被编码的信息，执行被标示的操作，然后再次将信息编码成在屏幕上出现的图像后读者方可阅读。文本本身是易变的，它从纸页上经久的刻录符号转变为屏幕上多层次编码／解码的可视性符号。图像文本的颜色、字号、字体、格式等是可以被改变的，这也是印刷文本无法做到的。

第二，超链接是数字文本的核心功能。

超链接（hyperlink）使存在于电脑中或互联网上的文字、声音、图片、影像、程序等不同形式的文本得以互相关联。它将用户从一个网页带到一个目标位置上；它内嵌于文本并在后台运行，担负着建构和组织文本的职责。嵌有超链接的文本就是"超文本"（hypertext）。伯尔特指出，没有数字形式的超文本——万维网或单机系统，数字写作只不过是文字处理，并不能宣称自己区别于印刷的线性写作，换言之，"超文本就是电子媒体的排版方式"。[①]

于阅读而言，超链接产生了三个显著的效果：其一，实现了多路径的非线性阅读。数字文本中埋有若干链接，尽管在大多数情况下，链接是由作者预先设计好的，但读者可以选择阅读哪些文本和阅读这些文本的顺序。由此，亚里士多德在《诗学》中确定的叙事的头、身、尾一体化概念被打破了。其二，简化了频繁翻页造成的阅读阻力。此功能在下节"模拟"中将详细说明。其三，使得阅读的遍历性[②]（ergodicity）受阻。在链接的指向过程中，文本这个二维平面逐渐被隐喻为一个需要探索的领域：隐匿出口、交叉路径、不同层级和质素间的链接、其他空间与时间的延展与读者阅读时所创造的想象世界合为一体。视频游戏和电子文学研究领域研究的佼佼者，哥本哈根大学的阿尔塞斯（Espen Aarseth）指出："当你进入制动文本（cybertext）阅读，你会不断被提醒文本中存有不得其门而入的策略、没走过的路径、没听过的声音。每个决定都会让部分文本更可接近，同时也让部分文本更加无法接近。你可能永不知晓你的选择会得到什么结果，同时，你可能永远不知晓你究竟错失了什么。"[③]

第三，超媒体是数字文本的显著特征。

超媒体（hypermedia）是超链接和多种媒体（包括纯文字、图像、音频、视频、程序等）在信息浏览环境下的结合；它提供了一个多种表现形式并存的异质空间。用户可以打开若干个窗口，它们可以被并置、叠放、平铺、穿透，好像争先恐后地要引起用户的注意。这种表现形式恰恰违背了亚里士多德的诗学传统，即叙事意义取决于连贯性，取决于由一连串同质成分组成的一根完整无缺的线条。[④] 而下拉菜单、点击图标、拖动滚动条等计算机操作都是为了以一种媒体取代另一种媒体。当新空间与之前媒体不同时，比如点击下划线文字时出现了图像，这时的超媒体性是最彻底的。可以说，超媒体呈现的就是旧媒体的集约化。

① Jay David Bolter. Writing Space: Computers, Hypertext, and the Remediation of Print[M]. Mahwah: Lawrence Erlbaum Associates, 2001:41.

② "遍历性"是数学用语，指从过程的一个样本函数中获得它的各种统计特性。这里指读遍所有的文本。这在纸介质文学中很容易实现，但超文本是以文本块的排列组合方式出现的，虽然数量有限，但就个人的耐力而言，很难穷尽所有的组合。详见下文"阅读劳动的简化"。

③ Espen Aarseth. Cybertext: Perspectives on Ergodic Literature[M]. Baltimore: Johns Hopkins University Press, 1997:2.

④ [美]希利斯·米勒. 解读叙事[M]. 申丹，译. 北京：北京大学出版社，2002:71.

第二节 印刷文学数字化的进阶

从1040年左右宋代人毕昇发明胶泥活字印刷，到15世纪德国人古腾堡整合多项技术推进了印刷工业的形成，人们在印刷文化中浸染了五百多年，早已对文学的媒介熟视无睹了，文学研究通常追求的是无纸无墨的文字。但是正如考斯基马所言，“在今天这个数字化时代，印刷书籍绝对再也不是一个清白之物了”。[①] 由此，伯尔特在《再媒介化：理解新媒体》(*Remediation: Understanding New Media*)中提出了“再媒介化”(remediation)概念，指“新的媒介借用和重组旧媒介中书写的特征并重塑其文化空间”[②]，例如，古抄本改变了卷轴的分页形式，印刷术改变了手抄本的复制形式，数字书写改变了印刷的呈现形式。伯尔特深刻剖析了新旧媒介之间的承继关系，指出，媒介时常会陷入互相模仿的递归性运动中，新媒介易于将已存在媒介的若干方面纳入自身当中，同时也不忘炫耀自身形式的诸多优势。[③] 数字文本是能被计算机识别并呈现出来的文本，它是文学媒介(载体)经历莎草纸、手抄本和印刷版本以来的第四次转换。印刷文学的数字化就是基于数字文本的对印刷文学的重新调整或设计，它分为模拟、仿效和整合等三个层次。

一、模拟

在谈到新媒体的谱系学时，伯尔特和格鲁辛提出了两种视觉表现风格：去媒体性和超媒体性。去媒体性(immediacy)，也称透明性(transparency)，它避免扰乱观众对虚构世界的笃信，忘记媒介(纸张、画布、胶片等)的存在，并且相信他与被表现的客体身处同一时空；超媒体性(hypermediacy)则提醒观众媒介的存在。[④] 伯尔特认为，模拟并不是站在印刷的对立面；相反，计算机被当作获取老材料的新手段，好比新瓶装旧酒。模拟是最直接、最通用的转换方式，它显然属于透明性体验，因为于读者而言，纸页或是计算机这两种媒介所传达的信息并无二致，不会对他们的阅读体验造成很大的影响。几乎所有的纸媒文学作品都可以通过录入(word、text等格式)、镜像(pdf、caj等格式)等方式转换为电子版本。目前绝大多数的文学著作也都是以此方法转为在线资源的。

初级的模拟是文本从纸面到电脑屏幕的“搬家”：好像从印刷书上撕下每页重新安排后摆在读者眼前。[⑤]

“古腾堡工程”是世界上最早的数字图书馆，它鼓励志愿者将公共领域的纸本书籍转变为数字形式的电子书，供全世界的人自由下载。截至2015年10月，该图书馆已收纳50 000册图书。2004年谷歌宣布将对1 500万册书籍数字化。虽然受到众多出版商对版权的质疑和攻击，但单单这一观点已经在全球获取了难以置信的利益。这项任务异常繁重，据估算，

---

① [芬兰]莱恩·考斯基马. 数字文学：从文本到超文本及其超越[M]. 单小曦，译. 桂林：广西师范大学出版社，2011：31.

② Jay David Bolter, Richard Grusin. Remediation: Understanding New Media[M]. Cambridge: The MIT Press, 1999:45.

③ N. Katherine Hayles. Print Is Flat, Code Is Deep: The Importance of Media-Specific Analysis[J]. Poetics Today, 2004, 1 (25):68.

④ Jay David Bolter, Richard Grusin. Remediation: Understanding New Media[M]. Cambridge: The MIT Press, 1999:72.

⑤ Jay David Bolter. Writing Space: Computers, Hypertext, and the Remediation of Print[M]. Mahwah: Lawrence Erlbaum Associates, 2001:43.

自从第一个苏美尔人的泥版出现在地球上，"人类至少已经出版了 3200 万本书籍，发表了 3 亿 7 000 万篇文章"。这巨大的出版量代表了历史文化长河中各种人类经验的贮藏，理应让后世的人通过网络获取。纵观当今世界，各种工程先后展开，数字化步伐据估计以每年一百万本的速度迈进。

较高阶段的模拟是对既定印刷文本的优化。

尽管新媒介依然需要依靠旧媒介来证明自己，但电子版本呈现出的却是印刷文本的提升和优化。比如电子版百科全书不仅提供文本和图表，还附带音频和视频，并且辅以搜索功能。依伯尔特所言，这时的再媒介化不是透明的，而是"半透明的"（translucent）。在印刷页面上一切都是可视的，在场的是原本写作的组成部分，也是可以被阅读的部分。但同样的说法却不能对应于超文本，或是互联计算机上的任何文本，因为这种环境提供了一个不可见写作：表面上它与印刷文本并无二致，但事实上其内部嵌入了只在后台运行的超链接程序。这种优化起到了两方面的作用：一是简化了阅读劳动；二是扩展了文本的外延。

1. 阅读劳动的简化

电子超文本技术简化了阅读印刷作品的"劳碌"。譬如印刷版《大英百科全书》和《易经》中都含有大量条目、注解、索引等关联指涉和相互参照的成分，只有依靠眼球和手指"翻山越岭"才可到达目标位置。阿瑟塞斯的重要著作《赛博文本：探索遍历文学》（*Cybertext: Explorations of Ergodic Literature*）提出"遍历文学"（ergodic literature）的概念，意为"要求读者用非同寻常的努力来穿越文本"的作品[①]，"非同寻常"指的就是这种"劳碌"。然而，以个人电脑每秒数十亿次的运算速度而言，只需点击超链接就可在顷刻间定位目标，源文件的大小并不构成搜索的障碍，因此当今人们更倾向于使用电子版工具书来查找资料。本节所述的"优化"指依靠超链接技术，对某些创作和阅读技法较为特殊的印刷作品的"翻译"——这些作品都有多种阅读路径、有广阔的相互参照系统、有被印刷排版分割开来的块状文本；读者阅读的顺序不受限制。以下将对两种文本类型进行说明：

第一种类型是注解式文本。

在注解式结构（text-commentary structure）中，作家针对某一个真实或虚构的文本（如纳博科夫对长诗"微暗的火"和帕维奇对 1691 年版的《哈扎尔辞典》）所做出的注释、评论、补遗、修订等——这些"副文本"的篇幅却远远超过"原文"，成为作品的主体部分，读者的阅读也随之成为一种"查经"式的搜索阅读——依靠自己的兴趣、目的、能力和方式将若干片段联系起来，形成某种关联意义。

以纳博科夫（Vladimir Nabokov）构思奇妙的小说《微暗的火》[②]（*Pale Fire*）为例，它由"前言"、约翰·谢德 999 行的长诗"微暗的火"、对这首诗的逐行"评注"和"索引"四个部分组成。此书可以单线性阅读，自始至终，也可在评论和诗之间跳转，多线性阅读。麦克黑尔（Brian McHale）甚至认为此书是划分现代主义和后现代主义界限的文本，也是划分单行和多行性界限的文本。[③] 依据主人公，也就是评注者查尔斯·金波特对这种撰写体例的解释，如果没有他的评注，谢德这首诗"根本就没有人间烟火味儿"。诗歌需包含的人间现实"不

① Espen Aarseth. Cybertext: Perspectives on Ergodic Literature[M]. Baltimore: Johns Hopkins University Press, 1997:1.

② [阿根廷]纳博科夫. 微暗的火[M]，梅绍武，译. 上海：上海译文出版社，2007.

③ Espen Aarseth. Cybertext: Perspectives on Ergodic Literature[M]. Baltimore: Johns Hopkins University Press, 1997:5.

得不完全依靠作者和他周围的环境以及人事关系等现实来反映”,而这种现实也只能由他的注释来提供。曼彻斯特大学的罗博利(Simon Rowberry)博士为《微暗的火》绘制的组织结构图体现出了该小说各部分(用不同的颜色和形状代表)间异常复杂的指涉关系(图2-1[1])。

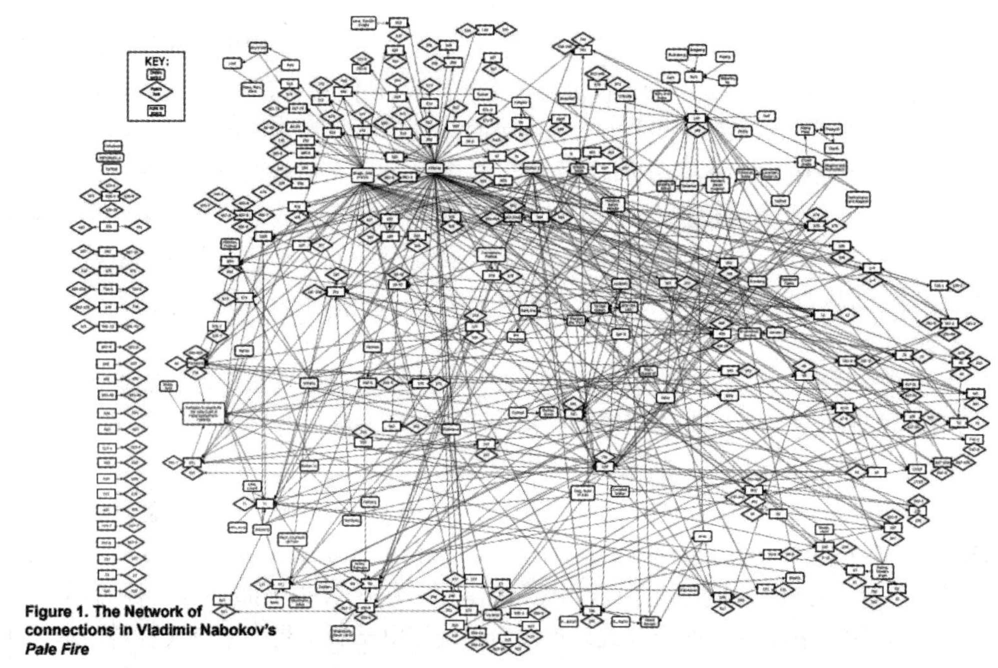

Figure 1. The Network of connections in Vladimir Nabokov's *Pale Fire*

图 2-1 《微暗的火》的链接网络图

阿尔塞斯指出:超文本结构未必必须是电子的。正如“制动文学”这种形式促使读者完成文本,这部小说早在纳尔逊杜撰“超文本”这个词之前就已经玩上了“嵌入”(transclusion)的游戏:同一个信息块可以从不同的语境和不同的视角进入。纳博科夫也因此被公认为“基于印刷的超文本式写作先锋”。“超文本”一词需追溯到 1963 年,恰好在《微暗的火》出版后的一年——二者的关联也继续了下去。提出“超文本”的 IT 开拓者泰德·纳尔逊在 1969 年布朗大学举办的一次会议上使用了该小说作为超文本的讲解样本。因此,将它翻译成电子超文本版也顺理成章了。

在印刷版中,读者进行的不是传统的线性阅读,而是“查经”式阅读。比如“索引”中有一个“金波特·查尔斯”的词条,数字代表诗行和对它的评注,如若要了解“他的谦虚”,读者可返回诗的第 34 行,也可到“评注”中查找对第 34 行的评论和注解。

> 金波特·查尔斯,博士,S 的亲密朋友,他的文学顾问、编辑和评注者;首次与 S 相遇以及同他的友谊,见前言;他对阿巴拉契亚地区鸟类的兴趣,1;他和蔼可亲地要求 S 采用他讲的故事作为诗的素材,12;他的谦虚,34;他的忧虑和失眠,62;他的幽默感,79,91;他的疲惫,124;他的体育活动,130;他参观 S 家中地下室,143;他相信读者会欣赏那

[1] 图见:http://nabokovsecrethistory.com/news/wp-content/uploads/2013/02/Rowberry_Pale-fire-map_large.jpg.

个注释,149;回忆童年时代和东方快车,162;……[①]

作者罗列了与金波特有关的所有条目,他生活的方方面面汇聚在此。但大概没有几位读者能不辞劳苦地返回每一个数字标示的正文中去做进一步的详细阅读,因为来回翻页的麻烦早已使耐心消磨殆尽了。因此作者说:

> 尽管这些注释依靠惯例全部给放在诗文后边,不过我愿奉劝读者不妨先翻阅它们,然后再靠它们相助翻回头来读诗,当然在通读诗文过程中再把它们浏览一遍,以便在脑海中完成全幅图景。在这种情况下,为了排除来回翻页的麻烦,依我之见,明智的办法就是要么把前面的诗文那部分玩意儿一页一页统统裁下来,别在一起,对照着注释看,要么干脆买两本这部作品,紧挨着放在一张舒适的桌子上面阅读,那可就方便多了……[②]

转换为电子超文本版的小说不必如此劳神费力。2007 年香农•陈博林(Shannon Chamberlain)呈现了她的超文本版《微暗的火》[③]。它的主页(图 2-2[④])如同书的封面,而事实上黑体字都是锚点(超链接标志),是可以进入其他领域的窗口。超链接技术能将多层文本轻易地整合到一个界面中,将注解的数字标示作为链接的锚点(见图 2-3[⑤]),追踪其指涉的条目,以非凡的速度呼叫出不同空间的内容;亦可开启多个视窗,将各方内容并置。海尔斯认为,在阅读含有大量注释的作品时,获取速度(speed of access)至关重要[⑥],因为这种查经式阅读考验的是读者的耐心、毅力和短时记忆的能力,而频繁地翻页和空间的转换有可能使读者放弃部分内容,从而造成意义的流失。

罗兰•巴特在充分体现他后结构主义思想的著作《S/Z》中提出了一种"理想之文":它是由"交互作用"构成的"网络系统","门道纵横,随处可入"[⑦];它是星系,只有重力的束缚,没有等级的划分。这也恰如其分地道出了超文本的真谛。罗博利认为:"《微暗的火》被当成超文本的重要性不仅仅在于纳博科夫创作了一部含有链接的小说,而且还因为他在文本中包含了一些创造性的搜索,这是许多数字小说作者近来才开始再次探索的。"[⑧]

---

① [美]纳博科夫. 微暗的火[M]. 梅少武,译. 上海:上海译文出版社,2008:332.

② [美]纳博科夫. 微暗的火[M]. 梅少武,译. 上海:上海译文出版社,2008:17.

③ Shannon Chamberlain. Pale Fire Project [DB/OL].[2016-09-26].http://www.shannonrchamberlain.com/palefiremain.html.

④ 图见:http://www.shannonrchamberlain.com/palefiremain.html.

⑤ 图见:http://www.shannonrchamberlain.com/palefireindex.html.

⑥ N. Katherine Hayles. Artificial Life and Literary Culture[M]//Marie-Laure Ryan. Cyberspace Textuality: Computer Technology and Literary Theory. Bloomington: Indiana University Press, 1999:215.

⑦ [法]罗兰•巴特. S/Z[M]. 屠友祥,译. 上海:上海人民出版社,2000:62.

⑧ Rowberry Simon. Pale Fire as a hypertextual network[EB/OL].(2013-07-31)[2016-05-26]. https://core.ac.uk/display/22680961.

main page
faq
pale fire
by vladimir nabokov
Foreword
"Pale Fire"
Commentary
Index

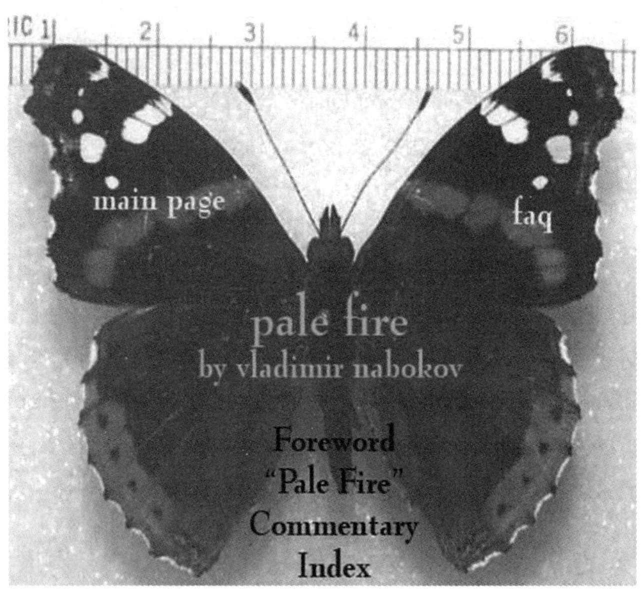

图 2-2 超文本版《微暗的火》主页

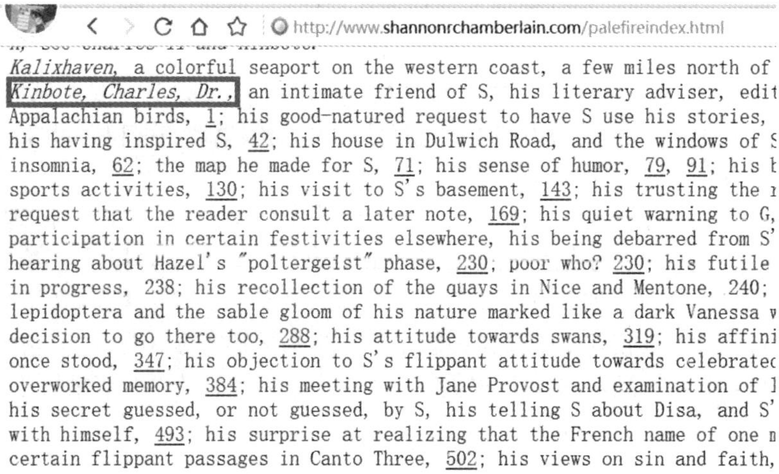

http://www.shannonrchamberlain.com/palefireindex.html
Kalixhaven, a colorful seaport on the western coast, a few miles north of
Kinbote, Charles, Dr., an intimate friend of S, his literary adviser, edit
Appalachian birds, 1; his good-natured request to have S use his stories,
his having inspired S, 42; his house in Dulwich Road, and the windows of S
insomnia, 62; the map he made for S, 71; his sense of humor, 79, 91; his t
sports activities, 130; his visit to S's basement, 143; his trusting the r
request that the reader consult a later note, 169; his quiet warning to G,
participation in certain festivities elsewhere, his being debarred from S'
hearing about Hazel's "poltergeist" phase, 230; poor who? 230; his futile
in progress, 238; his recollection of the quays in Nice and Mentone, 240;
lepidoptera and the sable gloom of his nature marked like a dark Vanessa w
decision to go there too, 288; his attitude towards swans, 319; his affini
once stood, 347; his objection to S's flippant attitude towards celebratec
overworked memory, 384; his meeting with Jane Provost and examination of l
his secret guessed, or not guessed, by S, his telling S about Disa, and S'
with himself, 493; his surprise at realizing that the French name of one m
certain flippant passages in Canto Three, 502; his views on sin and faith,

图 2-3 超文本版《微暗的火》"索引"页截图

第二种类型是排列组合式文本。

排列组合式(random-access structure)文本皆由或长或短的若干片段组成,作者一般都宣称:可以从任何一个片段进入阅读,不必顾及章节顺序。不同的阅读顺序会"生产"出不同的故事,而人物、情节之间的联系只能由读者来揣摩。科塔萨尔(Julio Cortázar)的《跳房子》(*Hopscotch*)、威廉姆·巴洛斯的《赤裸的早餐》、詹姆斯·巴拉德(James Graham Ballard)的《暴行展览》(*The Atrocity Exhibition*)、罗伯特·库佛(Robert Coover)的《保姆》(*The Babysitter*)和德雷尔(Lawrence Durrell)的《亚历山大四重奏》(*The Alexandria Quartet*)都属此类。这种创作理念和阅读方法恰恰与电子超文本无始、无终、无中心、非线性、多入口的"根茎"式特点不谋而合。罗兰·巴特在《S/Z》提出了"区别性阅读单位"(lexia)的概念:它或含数个短语，或含数个句子，长短不一；它的范围不是按句法划分的段或句，而是依据经验来指定的，基于意义的单元。据此，乔治·兰多将超文本定义为“由文本块（blocks of texts）——巴特的‘区别性阅读单位’——组成的文本以及连接这些文本的电子链”。[①] 一个文本块（即文本片段）就是围绕一个主题组织起来的语意单元。

以美国布朗大学“创意写作项目”制作的罗伯特·库佛的小说《野玫瑰》（*Briar Rose*）（1997）的超文本版为例。原文共有42个文本块，与其他任何多入口式作品的阅读方法一样，读者可以不按照页码顺序在各部分间随意出入，得到的意义是或随机或规律性阅读生成的结果，对已经阅读的数量和这个数量在整个文本中的比重并不清楚。印刷文本因为载体的限制，呈现的是平面、线性、标准化的模式，在线性的空间进行非线性的阅读只能是勉强而为之。而将这些片段随机组合生成叙事的做法对于计算机而言只是个“运算逻辑”的问题。在《野玫瑰》超文本的主界面中有5个按钮（图2-4[②]）：两个数字分别代表按原文顺序的“下一页”和一个随机页码，读者可择其一——这两项在印刷文本中也能靠手动来实现，“优化”就是“翻页”速度的提升。Home代表返回主页，读者可以根据片断码显示的颜色查看已读和未读的部分。（图2-5[③]）Comment是开放性界面，邀请读者对当下页面进行评论并上传——这三项是印刷文本不能实现的；尤其是音频功能，最初的文本块主要是纯文字构成，但随着多媒体技术的发展，文本块的内容日益丰富，音频、视频、图形、网页、程序等各种格式的文件都可成为被链接的对象。如此一来，语言冲破了印刷的桎梏，其中潜伏的反抗性不仅从表意层，而且从形式层上得到了解放。

此类文本之所以能够被超链接技术提升主要是因为创作思想和技术理念的契合。许多后现代主义者的思想都预示着数字时代的审美倾向。计算机科学和后现代主义话语间存在着深层次的联系。电子超链接在很大程度上就是利用信息学之父克劳德·香农率先提出的“n-gram”技术，在源文件或目标文件中找到相似的字符串（比如一个词组或一个句子）作为桥梁连接两个文本。有趣的是，很多人都认为这种做法是深受20世纪60年代实验文学作家威廉·巴洛斯的剪贴法（cup-up）和切拌法（fold-in）的影响。依据罗兰·巴特的思想，每一个有链接标记的词语都是一个能指，它永远都在漂浮、滑动，试图追寻它的所指，得到确定的意义，但选择的任意性和选择本身的多样性、无序性使得这个目的永远无法达到。唯一的可能只是将之前文本的内容编织成意义。所以巴特认为，阅读就是发现意义、命名意义，然后遗忘。阅读不是隔岸观海，而是海上巡游。因此，考斯基马说，科塔萨尔、纳博科夫、费德曼、卡尔维诺等人使用的叙述技巧对很多读者而言不过是花招和令人烦恼的干扰，而今，这些却引起了完全不同的反响，因为它们适应电子环境。从此页到彼页的跳读有时让人心烦意乱，但探索非线性小说的各种可能性却带来探险的愉快。[④]

① George P. Landow. Hypertext 2.0: The Convergence of Contemporary Critical Theory and Technology[M]. Baltimore: Johns Hopkins University Press, 1992:3.

② 图见：http://www.brown.edu/Departments/MCM/people/scholes/BriarRose/texts/BRtext27.htm.

③ 图见：http://www.brown.edu/Departments/MCM/people/scholes/BriarRose/texts/BRhome.htm.

④ [芬兰]考斯基马. 数字文学：从文本到超文本及其超越[M]. 单小曦，译. 桂林：广西师范大学出版社，2011.

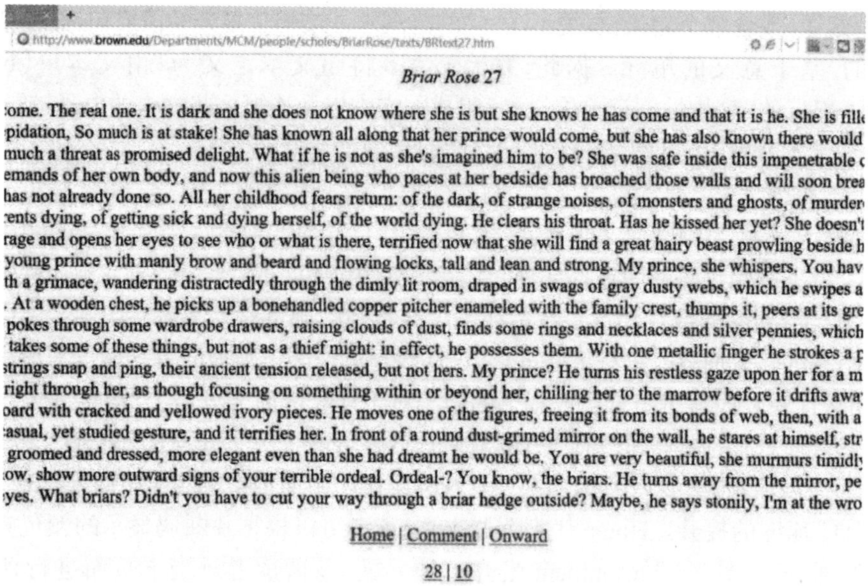

http://www.brown.edu/Departments/MCM/people/scholes/BriarRose/texts/BRtext27.htm

Briar Rose 27

:ome. The real one. It is dark and she does not know where she is but she knows he has come and that it is he. She is fill
pidation, So much is at stake! She has known all along that her prince would come, but she has also known there would
much a threat as promised delight. What if he is not as she's imagined him to be? She was safe inside this impenetrable
emands of her own body, and now this alien being who paces at her bedside has broached those walls and will soon brea
has not already done so. All her childhood fears return: of the dark, of strange noises, of monsters and ghosts, of murder
:ents dying, of getting sick and dying herself, of the world dying. He clears his throat. Has he kissed her yet? She doesn't
rage and opens her eyes to see who or what is there, terrified now that she will find a great hairy beast prowling beside h
young prince with manly brow and beard and flowing locks, tall and lean and strong. My prince, she whispers. You hav
th a grimace, wandering distractedly through the dimly lit room, draped in swags of gray dusty webs, which he swipes a
. At a wooden chest, he picks up a bonehandled copper pitcher enameled with the family crest, thumps it, peers at its gre
pokes through some wardrobe drawers, raising clouds of dust, finds some rings and necklaces and silver pennies, which
takes some of these things, but not as a thief might: in effect, he possesses them. With one metallic finger he strokes a p
strings snap and ping, their ancient tension released, but not hers. My prince? He turns his restless gaze upon her for a m
right through her, as though focusing on something within or beyond her, chilling her to the marrow before it drifts awa
oard with cracked and yellowed ivory pieces. He moves one of the figures, freeing it from its bonds of web, then, with a
:asual, yet studied gesture, and it terrifies her. In front of a round dust-grimed mirror on the wall, he stares at himself, str
groomed and dressed, more elegant even than she had dreamt he would be. You are very beautiful, she murmurs timidly
:ow, show more outward signs of your terrible ordeal. Ordeal-? You know, the briars. He turns away from the mirror, pe
:yes. What briars? Didn't you have to cut your way through a briar hedge outside? Maybe, he says stonily, I'm at the wro

Home | Comment | Onward

28 | 10

图 2-4 超文本版《野玫瑰》的一节

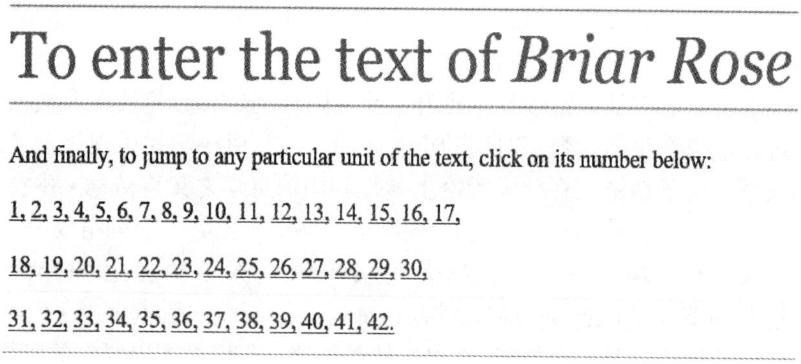

To enter the text of *Briar Rose*

And finally, to jump to any particular unit of the text, click on its number below:

1, 2, 3, 4, 5, 6, 7, 8, 9, 10, 11, 12, 13, 14, 15, 16, 17,

18, 19, 20, 21, 22, 23, 24, 25, 26, 27, 28, 29, 30,

31, 32, 33, 34, 35, 36, 37, 38, 39, 40, 41, 42.

图 2-5 超文本版《野玫瑰》主页

2. 文本外延的扩展

印刷文学最终呈现的是被反复修改、校对、编辑、复核过的文本，也就是说，在印刷书籍的概念空间中，写作是稳定的、不朽的、全权由作者掌控的。而电子文本有两层空间：显示文本的电脑屏幕和存放文本的电子存储器。电子空间是“活跃的，视觉上复杂的，并且在作者和读者的手中有令人惊叹的延展性”。① 这种延展性也被伯尔特称为“流动性”（fluidity），指电脑书写空间里的文本内容的调整、版本的修订与增补、检索、外部链接等各种功能。他认为这些功能所展现的速度与自由度是平面的印刷文本所缺乏的。事实上，在电子版小说四周嵌入相关资源链接也是目前作家作品网站惯常的做法。比如，拉斐尔·斯来鹏（Raphael Slepon）的“《芬尼根守灵夜》可扩展注释库”（*Finnegans Wake* Extensible Elucidation Treasury）将原著的每一句话与相关的批评著述链接起来，延伸了文本的触角。

① Jay David Bolter. Writing Space: Computers, Hypertext, and the Remediation of Print[M]. Mahwah: Lawrence Erlbaum Associates, 2001:11.

数字文本的延展功能体现了基于一个文本的多角度、多层次讨论，它对于文学学习和教学的意义尤为重大。现代认知心理学家兰德•斯皮罗（Rand J. Spiro）提出了“结构不良领域”（ill-structured domain）的概念，即不能简单地学习、记忆和再现的知识领域。其特征是：知识应用的每一案例都涉及多个结构复杂并且相互关联的概念；即便同类的案例之间，概念的应用和联系的方式也有着本质的区别。斯皮罗说，“弄清楚一片陌生领域的最佳方法是从不同的方向深入其中进行探索。针对复杂的结构不良知识领域进行研究就如同要对一片地域进行探索一样，要通过不同途径深入其中以探析那些依据不同主题而划分的具体学习案例”。[①] 斯皮罗为辅助这种复杂领域的学习所设计的环境就是“认知弹性超文本”（cognitive flexibility hypertext）。它要求教学设计者呈现出一个案例的多元化背景，将内容镶嵌在相关的上下文或背景之中，将来自于不同方向的主题非线性、多维度地串联，以展现知识领域的多方交叉，知识的多种连接类型和知识对情景的依赖性。目前，几乎所有的知名作家都有了自己的主页或信息门户，其设计者或出于既定目的，或出于爱好，或出于技术把控的动力，都在资料汇集的多样性和延伸度上给予强化，本身就创建了“认知弹性超文本”环境。

以威廉•福克纳《喧哗与骚动》（*Sound and Fury*）为例，原著是一部复杂的，融意识流、非线性、变换角色叙事为一体的文本，遍布全书的用典更增加了厚重感，使它历久弥坚，成为复杂叙事的经典。2003 年，司铎亦谢夫（Peter Stoicheff）等学者创编了《喧嚣与躁动》的电子超文本版[②]（以下简称“超《喧》”），可谓研究此小说的百科全书，例证了为“结构不良”小说所创造的“认知弹性超文本”环境。

超《喧》首页（图 2-6[③]）集中了所有的信息条目：正文章节标题；侧边栏是可供读者参考和查阅的资源：“Intertexts”（与小说有互文性的文本）、“Criticism”（包括各批评流派视野下的小说分析）、“Visual Displays”（以统计图表显示的小说叙事层次）、“Links”（与作者、小说相关的网站）。从外观上看，如此庞杂的内容不过是包含在一个薄薄的屏幕表面上，每一个项目都可以自身作为辐射点向外无限地延伸。相比较而言，印刷文本受实体媒介的限制，仅能有限地实现文本内部的网络概念。超《喧》的精细之处首先在于对“叙事”的整理：它用不同的颜色强调两种叙事——福克纳的非线性叙事和按照时间顺序的叙事。在“Visual Displays”界面中，用户可以选择福克纳叙事，即原著文本，以侧栏的“”为标识（图 2-7[④]），也可以点击侧栏的“”标识进入颜色版（图 2-8[⑤]），比如“昆丁部分”共有 32 个事件（在侧边栏用不同颜色显示），用户可以在正文中跟踪按照某个颜色阅读——一种奇妙的，印刷文本所不能赋予的阅读体验，它跳出了福克纳的意图，却又没有离开他的故事。其次在于超《喧》向外延伸的系统性，它围绕《喧》建立起了一个多元化、多维度、开放式的知识体系。比如在“Criticism”界面中就将庞大数量的《喧》研究归纳为心理学、宗教、美学、象征、历史等 11 个方面。“Links”则超出了该小说的视野，外挂了福克纳和他其他作品的链接。

① Jay David Bolter. Writing Space: Computers, Hypertext, and the Remediation of Print[M]. Mahwah: Lawrence Erlbaum Associates, 2001:11.

② Muri Stoicheff. The Sound and the Fury: a Hypertext Edition[DB/OL]. University of Saskatchewan. 2003-3 [2016-079-2]. http://www.usask.ca/english/faulkner.

③ 图见：http://drc.usask.ca/projects/faulkner/.

④ 图见：http://drc.usask.ca/projects/faulkner/.

⑤ 图见：http://drc.usask.ca/projects/faulkner/.

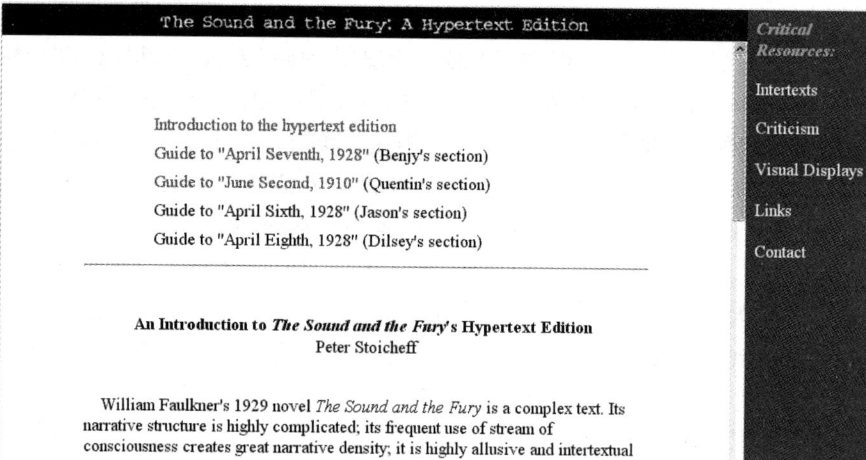

图 2-6 《喧嚣与躁动》超文本版主页

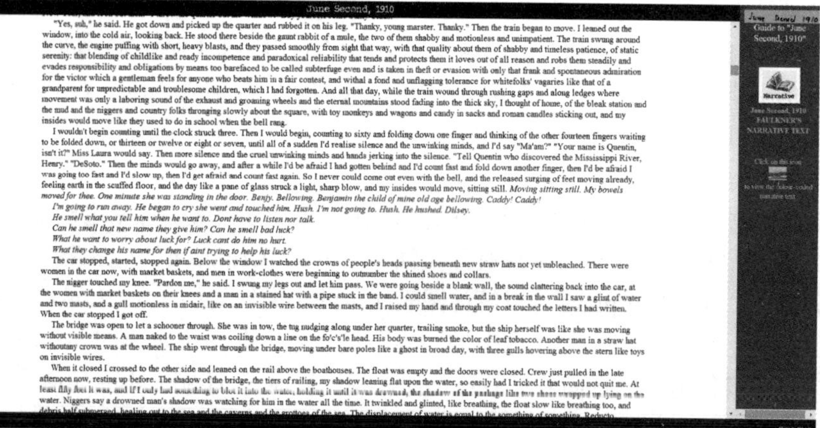

图 2-7 《喧嚣与躁动》原著内容

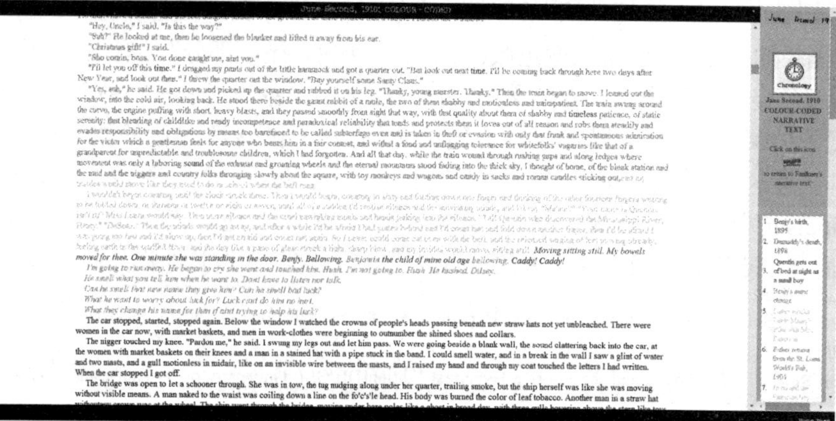

图 2-8 《喧嚣与躁动》按照时间顺序的叙事

对学习者来说，超文本预示着新的、越来越多的以读者为中心的文本操控。首先，超《喧》提供了一种快速简便地进入小说广泛的背景和语境的途径，这在传统教育技术中是很难实现的。获取材料并不是首要任务，关键要对材料进行甄别和分析，形成批判性思维的高级学习阶段就是基于找出很多相关事物的内在关系。超文本的实质就是找出关联性，提供一种有效地使学习者习惯于在他们遇到的资料中发现联系的手段。其次，超《喧》就是一个《喧》的语料库，它本质上就是把一部小说里各种零散的资料和其他小说以及学科的资料有机地结合。换句话说，超文本提供了一种能把单一文本的附属材料和其他材料结合起来的方法，将各种资源整合从而创建一个认知环境，使得支撑独立文本的各种资料比其在传统技术条件下更紧密地被关联起来，体现出学科之间的局部可通约性。

二、仿效

新媒体之"新"不是原创，也非全新，而是从旧疆界拓展出来的新领域。加拿大著名的传媒学家麦克卢汉（Marshall McLuhan）说："任何一种媒体经常是另一种媒体的'内容'。"[①]新旧时空之间是无法割裂的绵延与缠绕，新媒体以自己的思维方式描述着旧媒体的内容。伯尔特所描述的再媒体化（remediation）逻辑与德里达对模仿的叙述很相似，亦即模仿不是在本体论上或在客观上与被表现的物体多么相似，而是在表现这种模仿的感觉或感知主体的相似之处时的主体间性。"模仿不是用一个事物呈现另一个事物，不是两种存在的相似或一致，不是用艺术产品来复制自然作品。这不是两种产品，而是两种生产之间的关系。两种自由……'真正'的模仿存在于两个生产主体间，而不是两个被生产的事物间"。[②]

仿效是指基于某些印刷作品的理念、风格、内容等的再创作。比如，以流浪冒险和传奇为题材的《未知》[③]（*The Unknown*）是斯特拉顿（Dirk Stratton）等人创作的具有怀旧感伤气质的超文本小说，旨在仿效凯鲁亚克的《在路上》（*On the Road*）。《在路上》出版后虽毁誉参半，但它仍被公认为60年代嬉皮士运动的经典，影响了整整一代美国人的生活方式。《未知》模仿了"在路上"的状态，漫无目的地从一个地方到另一个地方，在旅程中寻求"未知"，构成了一幅游历美国的路线图。霍利顿（Richard Holeton）的《超文本的常见问题》[④]（*Frequently Asked Questions about Hypertext*）则戏仿纳博科夫的风格，从对一首诗假想的注释中发展出了一篇叙事文章。以下将具体讨论"易诗机器"对《易经》的仿效和超文本小说《维多利亚花园》（*Victory Garden*）对《交叉小径的花园》的仿效。

1.《易经》与"易诗机器"

新兴的数字文学创作和理论也深受《易经》的启发。学者们常常以它来区分平面文本和制动文本。如在"模拟"一节中提到的，"制动文本"是需要读者付出"非同寻常的努力"来阅读的文本，它不是从第一页读到最后一页的线性文本，而是需要较频繁地翻页、查找、对

① Marshall McLuhan. Understanding Media：The Extension of Man[M]. Cambridge：MIT Press，1994：10.

② Jay David Bolter，Richard Grusin. Remediation：Understanding New Media[M]. Cambridge：The MIT Press，1999：55.

③ Scott Rettberg，Dirk Stratton，William Gillespie. The Unknown，a Hypertext Novel[DB/OL].[2016-05-26]. http://collection.eliterature.org/2/works/rettberg_theunknown.html.

④ Richard Holeton. Frequently Asked Questions about "Hypertext" [DB/OL].[2016-10-26].http://collection.eliterature.org/1/works/holeton__frequently_asked_questions_about_hypertext/index.html.

照、核查后方可形成某种解读。阿尔塞斯说，阅读《易经》必须遵循“某种阅读仪式”，[①] 这个仪式其实就是卦象的随机选择。《易经》之所以被视为典型的制动文本，正是因为它具有的随机性必须由问卦者来启动。

《易经》与计算机有着深厚的渊源。阴爻和阳爻两个符号启发数学家莱布尼茨（Gottfried Wilhelm Leibniz）发现了二进制，更促进了后来计算机的发明。《易经》是中国最古老的占卜术原著，对中国文化产生了巨大的影响；它一直以来也是西方文学灵感的源泉，主要原因在于其非逻辑性的叙事方式。西方思想奉因果律为圭臬，叙事被视为一连串因果相连的事件，而《易经》用蓍草计数等方法占卜问卦，部分或完全地掺入了偶然性的因素。简单地讲，《易经》好比一本字典，内容是对 64 卦的解释（即卦辞），算卦就是根据起卦的结果查字典。这种随机的，以偶然性预测未来的方式很容易就被计算机技术“优化”了——抛硬币变成了鼠标点击并自动记录结果，卦象和卦辞也随即出现。当然，作为《易经》的文学变体，电子作品的目的不在于解挂算命或预测未来，而是更注重表达的艺术效果。以塔贝尔和布莱恩的作品“易诗机器”[②]（I-Ching Poetry Engine）为例，其初始界面似茫茫的午夜星空，偶见星光闪烁。实际上，每个星星都是一个节点，每个节点代表一个卦象，64 个节点围成了一个隐约的车轮式卦图（图 2-9[③]）。点击任意一颗星星，圆圈中央就会出现一个六线图的卦象，圆圈下方会出现相应的卦名，连点五次后，左侧屏幕会逐字出现一首随机产生的 3D 形式短诗。例如：Essential Quality（中孚卦：诚信立人）、Limitation（节卦：万物有节）、Initial Difficulty（屯卦：起始艰难）、Accomplishment（既济卦：初吉终乱）和 Obstruction（蹇卦：险阻在前）这五个卦名就生成了如下的诗：

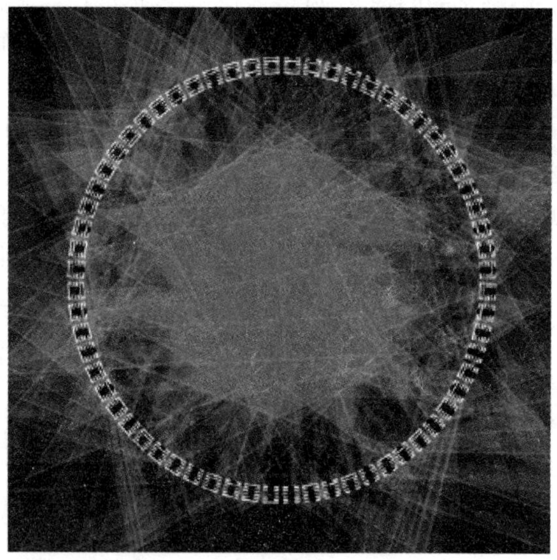

图 2-9 “易诗机器”的 64 卦图

① Espen Aarseth. Cybertext：Perspectives on Ergodic Literature[M]. Baltimore：Johns Hopkins University Press，1997：2.

② Jared Tarbell，Lola Brine. I-Ching Poetry Engine[DB/OL]. Austin Museum of Digital Art. 2001[2017-09-02] http://www.levitated.net/exhibit/iching/.

③ 图见：http://www.levitated.net/exhibit/iching/images.html.

Inner truth lies to no one,
It is a lack of trust that dooms you,
Just believe and all will fall into place,
No one said you couldn't,
Find it in yourself.

且不论翻译中意义的流失，短短 30 多字的诗词只能勉强、朴素地概括五卦的主题，并不能完全体现出《易经》的睿智卓识和深藏玄机，但“易诗机器”所生产的卦诗只是随机的文字组合，其目的也不在于刺探天机，而在于展示的词语之间隐含、神秘的联系和结合能力。卦诗出现的方式不是中规中矩的，而是从各个方向，以各种形态逐字切入画面，而后远去，在背景中消散。这种效果是由软件后台的定时设计制造出的，因此读者无法控制播放的速度，只能任凭文字的稍纵即逝，透露出一丝人类在天意面前束手无措的寓意。

2.《交叉小径的花园》与《维多利亚花园》

阿根廷作家博尔赫斯（Jorge Luis Borges）《交叉小径的花园》（*The Garden of Forking Path*）（以下简称“《交》”）是仅 15 页（以中文计）的短篇小说，它对后世的文学叙事，尤其是数字形式的叙事产生了深远的影响。

这个包含若干次级故事的嵌套式叙事涉及战争、间谍、祖先、迷宫、历史等多个主题。博尔赫斯将它们镶嵌、拼接，包裹成一个自运转的有机系统，这个系统不是各个故事的简单相加，而是被相关性互相牵扯的，具有复杂内涵的整体。博尔赫斯的宇宙论和存在主义哲学将空间视为时间在维度上的无限延伸和分岔，时间的“网线互相接近，交叉，隔断，或者几个世纪各不相干，包含了一切的可能性”。[①] 因此，人们所处的当下只是一个分支、一个节点和个选择而已，比如：

有时，迷宫的路径会重合。比如，你来到这个房子里，但是在其他一些可能的过去中，你是我的敌人，而在另一些中你是我的朋友。……在某一些里，您存在，而我不存在；在另一些里，我存在，而您不存在；在再一些里，您我都存在。在这一个时间里，我得到了一个好机缘，所以您来到了我的这所房子，在另一个时间里，您走过花园，会发现我死了。[②]

博尔赫斯预见了偶然性和选择的作用，暗示了传统故事线索的单一，但囿于写作媒介的限制，他只能将所有可能性之中的一条线路加以描述，最终殊途同归，产生一个结尾。如果将每一条线索都实例化，一方面作为“短”篇小说的篇幅不允许，另一方面也背离了博尔赫斯一向在精妙中显隽永的风格。

伯尔特说，博尔赫斯对多种可能的时间性的预见“完全属于另外一个写作空间”——文学和科学互动，提供新的表现和阐释方法的数字环境。[③] 摩斯洛普（Stuart Moulthrop）的电

① [阿根廷]博尔赫斯. 博尔赫斯短篇小说集[M]. 王央乐，译. 上海：上海译文出版社，1983.

② [阿根廷]博尔赫斯. 博尔赫斯短篇小说集[M]. 王央乐，译. 上海：上海译文出版社，1983：98.

③ Jay David Bolter. Writing Space: Computers, Hypertext, and the Remediation of Print[M]. Mahwah: Lawrence Erlbaum Associates, 2001:139.

子超文本小说《胜利花园》(*Victory Garden*)①(以下简称“《胜》”)是对《交》时空概念的仿效。作者以技术重新建构了博尔赫斯对多个过去、现在和未来的隐喻,增添了另外一层物质上的复杂性。《胜》以 1991 年美国发动的海湾战争为背景,围绕得克萨斯州几位大学生和教授与战争相关的话题展开。《胜》对《交》的指涉非常明显:战争、追杀、丢失的东方之书等情节、对博尔赫斯的讨论、引用《交》的段落等。更重要的是,摩斯洛普将博尔赫斯的隐喻花园实例化了。读者在《胜》界面中首先看到的是一副路径交叉的导航地图(图 2-10 ②),上面显示了一些重要文本片段的名称和它们之间的链接,读者可选择其中的一个名称进入阅读。它即是一幅花园的图景,也是将文本结构和认知空间视觉化了的导航地图;它不只是起辅助的作用,而是《胜》象征结构的一部分,是编织进文本纤维的一套象征符号。如伯尔特所言,“带有如此示意图的超文本使我们想起了中世纪的手稿中那被绚丽装饰的字母,它们即是抽象或借喻的艺术,同时也是文本的语言元素”。③ 摩斯洛普在《胜》中也采用了博尔赫斯的策略,允许读者选择自己想去穿越的文本片段(lexia)(以下将简称为“文段”)和阅读路径:“大部分时候你还可以双击某些词,它会将你带入不同的故事线索中。尽管这些生产性词汇(words that yield)总会产生断裂,但它们也会指明连接的方向”(文段“欢迎”)。

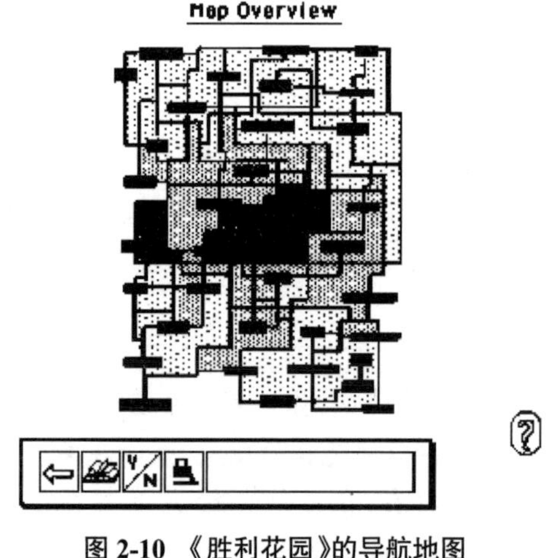

图 2-10 《胜利花园》的导航地图

“花园”在伯尔特看来“暗示了文本可能性的繁茂增殖”④,因为《胜》的 990 个文本片段和 2800 条链接就隐没在地图之后,它允许读者或在地图中选择想去穿越的路径,或跟随文本中的默认链接来阅读。文段—链接结构的背后是一个无法避免的数学逻辑:即使少量的文段和有限的链接也会在超文本网络中制造出数量庞大的可能路径,构成了博尔赫斯所谓的“曲曲折折,千变万化,不断增大的迷宫”。读者需要投入相当长的时间和认知来组织自

① Stuart Moulthrop. Victory Garden[DB/OL]. Eastgate Systems, Inc. 1995[2016-11-02]. http://www.eastgate.com/VG/VGStart.html.

② 图见:http://www.cddc.vt.edu/host/deena/ht04paper/moulthrop/victory.htm.

③ Jay David Bolter. Writing Space: Computers, Hypertext, and the Remediation of Print[M]. Mahwah: Lawrence Erlbaum Associates, 2001:132.

④ Jay David Bolter. Writing Space: Computers, Hypertext, and the Remediation of Print[M]. Mahwah: Lawrence Erlbaum Associates, 2001:139.

己的思维,厘清呈现在面前复杂而混乱的信息。他们选择的对象与顺序的不同都会导致故事的时间、地点甚至人物命运的变换:场景忽而在美国本土的大学课堂上,忽而在伊拉克战场上;某个人物在一个文段中死于战场,但在另一个文段中依然活力四射。只要读者有足够的兴趣和耐力反复阅读,就会组合出新的文本,产生新的意义。伯尔特将这种意义的不确定性称为“悬置”(hyperbaton),它与传统线性小说所秉持的“熟悉化”(familiarization)策略相对。熟悉化为读者明确了一个视角,一个审视叙事的位置;而超文本造成的意义悬置、间断性和分支却不停地将读者拽出舒适或熟悉的位置。[①] 读者不大可能穷尽所有的可能,因此未涉足的路径、未阅读的文段总是使他们疑惑是否错过了关键的信息。《胜》达到的效果就是呈现了《交》所寓意的那本“无限的、循环的,具有无限地继续读下去的可能”[②] 的书。

在超文本系统中,连接、联系和关系被技术实现了:用户不是被动地重复或接受话语,而是探索并且构建连接。超文本就是文学一直以来的面貌的延伸——一个在时间上扩展的,世世代代的读者和作者永远都在编织和拆解的关系之网。[③] 博尔赫斯没有接触过时间分延、汇聚、并行的网络电子空间,他说文学已筋疲力尽了,因为它致力于结论性的终点、单一的故事线索和结局,不过,这是针对印刷文学的空间而言的,数字空间恰恰相反,《胜》即是以无尽的增殖形象示人,像博尔赫斯的巴别塔图书馆一样永远不能被穷尽。

三、整合

整合是后现代主义文学的杂糅法在数字空间的体现。詹姆逊认为,后现代书写空间是“大杂烩”“摸彩袋”和“杂物室”,是“一个偌大的张力磁场”[④],它吸引着来自四面八方、各种各样的文化动力,最后构成一个聚合不同力量的文化中枢。这个“空间”是非物质性的,是一种关系的结构或组态(configuration),而多媒体技术进一步促进并凸显了这种“组态”,制造出詹氏所谓的“超空间”(hyperspace)。

詹氏的《后现代主义》(*Postmodernism, or, the Cultural Logic of Late Capitalism*)讨论较多的一组空间概念是“横组合”(syntagmatic)和“纵聚合”(paradigmatic)。横组合对顺序的要求非常严格,指同一性质的结构单位,词、音位、句子等按照线性顺序组合起来的关系。符号的出现具有时间性,只能依次出现,不可能同时出现;符号的组合顺序是有条件(比如语法规则)限制的,顺序不同,组合出的意义也不一样。因而横组合不具有空间性。显然,横组合关系被现实主义书写视为圭臬。纵聚合是一种替换关系,指性质相同和组合功能相同的符号单位在语言结构的同一个位置上可以互相替换,生成不同的句子。这些符号之间就是聚合关系。事实上,“替换”也是超文本,乃至整个万维网的本质:“印刷保持着自身;电子文本替换自身”[⑤]——当用户点击网页上的下划线短语或图像锚点时,一条链接就被激活,召集来另外的网页,新的材料通常出现在原来的窗口,消除了之前的文本或图形。这种聚合

① Jay David Bolter. Writing Space: Computers, Hypertext, and the Remediation of Print[M]. Mahwah: Lawrence Erlbaum Associates, 2001:132.

② [阿根廷]博尔赫斯. 博尔赫斯短篇小说集[M]. 王央乐,译. 上海:上海译文出版社,1983:94.

③ Stuart Moulthrop. You Say You Want a Revolution? [M]//Noah Wardrip-Fruin, Nick Montfort. The New Media Reader. Cambridge: MIT Press, 2003:682.

④ Fredric Jameson. Postmodernism, or, the Cultural Logic of Late Capitalism[M]. Durham: Duke University Press, 1991:53.

⑤ Jay David Bolter, Richard Grusin. Remediation: Understanding New Media[M]. Cambridge: MIT Press, 1999:47.

关系被女作家雪莱·杰克逊(Shelley Jackson)的超文本小说《拼补女孩,或一个现代怪物》①(*Patchwork Girl, or A Modern Monster*)(以下简称《拼》)实例化了。

于数字文本而言,材料的汇聚与整合在技术上很容易实现,关键在于创意。18世纪英国女作家玛丽·雪莱(Mary Shelley)的科幻小说《弗兰肯斯坦,或现代普罗米修斯》(*Frankenstein, or, The Modern Prometheus*)讲述了科学家维克多用碎尸块拼接成一个"人",并用电将其激活。寂寞的怪物要求科学家再造一个和他同样材质的女怪物,但被拒绝了。然而,雪莱·杰克逊将《弗兰肯斯坦》和鲍姆(Frank Baum)的《奥兹国的补丁姑娘》(*The Patchwork Girl of Oz*)中的人物和情节、德里达解构思想、《圣经》、希腊神话,以及西苏、哈拉维等女性主义理论等材料整合,在数字空间继续了这一再造。《拼》由"故事""日记""百纳被""墓园"和"断续的口音"五部分组成。在"墓园"中,来自几个尸体的身体部件被收集起来拼接成了一个女怪物。她的身份是由每个部件原持有人的特征和历史共同组成的。"日记"是虚构的玛丽·雪莱与女怪物的交流。"百纳被"引用了《弗兰肯斯坦》中维克多着手为他的怪物制造女同伴的情节,以及一系列的女性主义理论。杰克逊将自己的话语"缝"到了这些引用中,用不同的字号和格式展示了以书写"缝制"被子的过程。"故事"详尽地讲述了女怪物离开欧洲,冒险穿越了美国的郊区和城市的历程。海尔斯称其为"寄生于印刷前辈之中"的小说。② 它显著地体现了围绕超文本写作过程和赛博格女性主义建立起来的两种隐喻。

1. 超文本写作的隐喻

《拼补女孩》与其说是小说,毋宁说它是一部以女怪物(拼补女孩)的故事为材料来论述"超文本"概念的理论性小说。这种小说不是内向的,而是向外观看其他叙事,通过仿拟和援引其他小说和那个时期的科学文本和媒介语言来达到互文;它已不属于单纯的模仿性指涉了。

首先,《拼》的特殊性在于它调动了各方媒体资源,激活了以灵活多变的形式分散在作者、文本、界面和读者之间的主体性。电子文本不如印刷文本耐久,但却比它多变,活动的界面不仅是多层次的,而且本身也能进行复杂的认知活动。

自18世纪以来,著作版权法巩固了作为一个具有原创性才能的,将自己的智慧劳动和自然给予他的材料混合起来的文学作者的地位,好比约翰·洛克认为人通过将自己的劳动和土地混合起来而创造了私有财产。文学作品成为一种非物质的智慧成果。媒体的物质性、作品的生产技术、对其他作品的挪用和转换都由于崇尚"原创性"而被忽视或贬低了。阅读印刷小说就是由读者解码一本耐久性材料的文稿,在自己头脑中创造出作者用语言描述的画面。而于电子小说而言,编码/解码的操作被分散于作者(编程者)、电脑、界面和读者身上。《拼》不同于印刷书本的就是复杂的链接设计创造出的分散式认知环境。它将受版权法压抑的东西释放了出来,强调小说、作者、读者、写作技术的实体性。它没有稳固原创性,而是通过挪用和换喻产生了自身的素材。杰克逊利用了自己名字与著名女作家的重合部分——雪莱(Shelley),在小说中注明作者是"玛丽/雪莱,和她自己",读者因而不能辨别

① Shelley Jackson. Patchwork Girl, or A Modern Monster[DB/OL]. Eastgate Systems, Inc. 1995[2016-11-02]. http://www.eastgate.com/catalog/PatchworkGirl.html.

② N. Katherine Hayles. Flickering Connectivities in Shelley Jackson's Patchwork Girl: The Importance of Media-Specific Analysis [J]. Postmodern Culture, 2000, 1(10):2.

到底是谁在发言:怪物？玛丽？杰克逊？还是叙述者？小说有意识地坚持自身的合作性质，因而作者身份的单一来源被问题化了。(图 2-11[①])正如海尔斯在《闪烁的连接》(*Flickering Connectivities*)中指出的:

> 18 世纪的文本生产中被抑制的诸方面——媒体的物质性、生产“作品”这个商品的印刷技术和经济网络、许多文学作品的合作性质、由于崇尚“原创性”而被忽视或贬低了的文学上的挪用和转换、从书本向作品向风格向面貌的滑移——使得文学作品成为一种非物质的智慧成果。但是,正是这些被忽略的因素组成了杰克逊小说所引用的层级,小说从中汲取力量,却又反过来推翻它们的假设。当《拼补女孩》强调对 18 世纪文本的挪用时,其效果不是重新刻录那些早期的观点,而是要将在智慧成果的创作过程中被压制的东西释放出来。在《拼》中,对 18 世纪文本的浑然不知成为这个电子文本的地基和外观;它因此明确地表示自己并非一个被崇拜的、独一无二的想象力的产物,而是一个众多演员合作的产物……[②]

图 2-11 《拼补女孩》首页

其次,“拼补的缝合线”是超文本空间的隐喻。

在弗兰肯斯坦的故事中,怪物的身体是维克多博士用碎尸一块块拼缀起来的;在《拼》中,玛丽·雪莱成为雪莉·杰克逊笔下的人物,而不是原著的作家,她像制作百纳被那样拼缝了一个女怪物。玛丽一面做着拼缀的针线活儿,一面描述这个活计,使得小说和元小说纠缠起来。玛丽写道:“我让她,秉烛写作至深夜,直至微小的黑色字母渐渐模糊成针脚,我开始觉得我是在缝制一床伟大的被子。”句子中的“缝”被链接到下个文段:“我缝她,秉烛缝

① 图见:https://www.literacyworldwide.org/get-resources/journals.

② N. Katherine Hayles. Flickering Connectivities in Shelley Jackson's Patchwork Girl: The Importance of Media-Specific Analysis [J]. Postmodern Culture, 2000, 1(10): 2.

纫至深夜，直至微小的黑色针脚编织成手稿，我开始觉得我是在写作，觉得我正在拼凑的这个怪物是一次用人工手段塑造一个完整生命体的仓促尝试。”

《拼》中有一副女人身体的黑白图像，身体的各部分以虚线分割，以示拼接的痕迹（图2-12[①]）。女怪物说：“与我的肉体最近的就是这些缝合线——不同部件的交汇之处”。超文本犹如怪物的身体一样是由若干独立的文段汇聚而成，而缝合线则是串起它们的链接。主人公谈及自己的出生时说：“我生了不止一次”；谈及死亡时说：“我被埋葬于此。你可以让我复活，但只是碎片。如果你想看到完肤，只有亲自将我缝起来……利用机器的神秘复杂性来激活这些部件。”读者在此会看到一张身体部件的列表，每个部件都链接着对其原持有者的简单描述。读者跟随自己的选择，有目的或漫游式地阅读，“拼补女孩”就是每个读者选择的一连串超文本链接——从象征意义上影射了超文本的阅读方式——阅读即拼贴。女怪物集若干个体于一身，她的身份是由每个部件原持有人的特征和历史共同组成的。每个个体仍保留着自身的主体性，因而她只是个聚合体，而非一个统一的自我——她的内脏取自端庄贤淑、墨守成规的安娜小姐，她的高大身躯源自暴躁专横的母牛博西。怪物之“怪”也是从这些不相容和矛盾的主体性中生发出的，是米勒所谓的“激进的多方聚谈”（radical polylogism）：“在文本中存在无数互不相容的逻各斯。无论采用什么规约法，都无法将它们归至一个统一的单一视点，或单一大脑。这些逻各斯将永远互不相容，互为异类。”[②] 电子文本本身就是一个异质并置的空间，各文本片段间虽借由热词、句相联系，但它们之间的关系多种多样：或平行，或交叉，或相互补充，或相互抵触。相左的观点磨灭了一切确定性，读者体会到的只能是破碎、混杂、漏洞、摇摆和无法言状的现实。

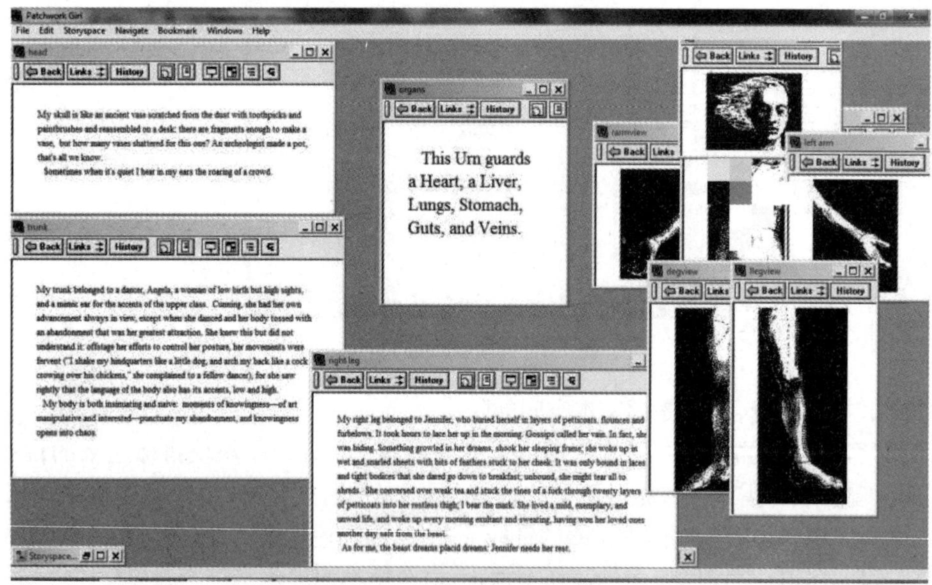

图2-12　《拼缀女孩》的屏幕截图

---

① 图见：https://www.literacyworldwide.org/get-resources/journals.

② [美]希利斯·米勒. 解读叙事[M]. 申丹，译. 北京：北京大学出版社，2002：129.

2. 赛博格女性主义的隐喻

肖(Evelyn Shaw)和达林(Joan Darling)将雌性动物的本质与女性相比较的科学探索、拜纳姆(Carolyn Walker Bynum)的女性神秘主义研究、斯塔福德(Barbara Maria Stafford)的赛博格幻想与男性控制混沌或女子本性的欲望有关的看法——这些女性研究都作为理论线索被杰克逊和女性身体的意象,以及其他叙事性的文本片段连接在了一起,使得小说在叙事与元叙事之间来回切换。不过,对杰克逊产生最大影响的莫过于唐娜·哈拉维(Donna Haraway)的赛博格女性主义(cyborg feminist)思想。"嵌合体动物"(chimeras)——原指希腊神话中狮头、羊身、蛇尾的喷火怪物,这里指种族、文化、性别的混合物和"赛博格"(cyborg),即机器与生命体的混合物,半机械人——的概念在杰克逊的文本中都有着重要的意义,主要体现在以下三个方面:

第一,三种边界的崩塌与二元对立的消融。

首先,在20世纪晚期的科学文化中,人类与动物的边界全然地破裂了。生物学和进化理论都不约而同地将现代有机体制造为知识的对象,人类与动物的界线被缩减成一道微弱痕迹。动物保护主义者和许多女性主义文化派别都肯定了人与其他生物之间的密切联系。由此,哈拉维指出,当代科幻小说中充斥着既是动物也是生物的赛博格生物,它们出现在科学幻想和神话中,因为那里恰恰是人类与动物的边界被逾越的地方。赛博格昭示的不是将人与其他生物的隔离,而是一种"令人不安而又欢乐愉悦的紧密耦合(coupling)"①。其次,有机体(动物—人)与机器的边界被打破了。生物技术也是一种书写技术,有机体就是被它书写出来的基因编码与解码问题。之后,20世纪晚期的机器使得自然/人工、身/心、自我发展/外部设计,以及许多应用于有机体和其他机器的区分完全模糊起来——哈拉维说:"我们的机器令人不安地活跃,而我们自己义令人恐惧地懒散。"② 最后,物质与非物质之间的界限极其朦胧,这主要表现在现代机器以无形的力量统治着世界,但却如同那个处于费勒斯中心的上帝,无所不在但却难觅踪影。

这三种边界的崩塌使得自亚里士多德以来主导西方话语的二元主义被"吞食",或被"以科技的方式消化(techno-digested)了"③。自我/他者、文明/原始、现实/表象、整体/部分、主动/被动、正/误、真理/幻觉等二分法在意识形态上都受到了质疑。二元论以系统的逻辑主宰着女人、有色人种、自然、工人、动物——简言之,是对所有被建构为"他者"的主宰,其任务就是要反映自我,而自我却是不受控制的那"一个"(One),成为那"一个"就意味着能自治、有权力、是上帝;不过,成为那"一个"也是一种幻觉。而成为他者便具有了"多样,边界模糊、磨损、非实体"④ 的特质。

第二,破碎的身份。

《拼》的女怪物说:"有些人相信我是同性恋者——半男半女。"占据着女性主义科幻小说的赛博格使得人类、男人、女人、人造物等身份定义成了问题。在小说的重要组成部分"百纳被"(crazy-quilt)中,杰克逊援引了一系列女性主义研究的观点,用"修补""拼缀"和

① Donna Haraway. Simians, Cyborgs, and Women: The Reinvention of Nature[M]. New York: Routledge, 1990:150.

② Donna Haraway. Simians, Cyborgs, and Women: The Reinvention of Nature[M]. New York: Routledge, 1990:152.

③ Donna Haraway. Simians, Cyborgs, and Women: The Reinvention of Nature[M]. New York: Routledge, 1990:163.

④ Donna Haraway. Simians, Cyborgs, and Women: The Reinvention of Nature[M]. New York: Routledge, 1990:177.

“缝被子”的隐喻质疑了持久不变的性别角色。

“这里没有‘是’女人或‘是’怪物,或‘是’天使的说法……我们发现自己是赛博格人、混血、马赛克、嵌合体……女人是为生存和繁衍而斗争的寄生物。”① 哈拉维用“破碎”(fractured)形容女性的身份。她提出了这样的问题:“谁算是‘我们’? 哪种身份可以为一个叫作‘我们’的潜在的政治神话打基础? 什么能够激励‘我们’加入这个集体当中?”② 正如美国女权主义第一人苏珊•安东尼(Susan B. Anthony)所说:“组成美利坚合众国的是我们,全体民众,而不是我们,白人男性公民。我们组成了它,不是对自由的祝福,而是确保它们;不是为了我们中的一半人和我们后代里的一半人,而是全体民众——女人和男人。”③ 哈拉维认为,造成这种破碎的原因是西方话语秉承的“统一性”。性别、种族和阶级意识都是由父权、殖民主义和资本主义矛盾的社会现实形成的历史经验强加给人们的。并没有什么自然地维系妇女们是“女性”或是“女性的东西”,因为“女性”自身就是一个高度复杂的,在饱受争议的性科学话语和其他的社会实践中建构起来的类别或状态。赛博格同样对“整体论充满警觉”,因而“执拗地坚持局部、反讽、亲密和反常”。④ 赛博女性主义者声明,“我们”不再需要任何统一体的自然模型,任何一种建构都是不完满的。

第三,赛博格技术与女性书写。

赛博格作者颠覆了西方文化起源和中心神话。拼补女孩不是男女交合的产物,更没有伊甸园、原罪、俄狄浦斯等西方传统意义上的前故事;她是有机体(作者、读者)和机器(电脑、超链接技术)合作的产物。杰克逊打散后又混合起来的文本还将女性主义者关注的女性身体的构建问题和超文本写作联系起来。

正如赛博格人合并了各式各样的技术假肢以构成自身的主体性,超文本写作使得作者和读者从一组迥异、不相干和独立的文本元素中编织出属于自己的意义。超文本作为后现代主义碎片化的具体体现,在文本和叙事的层面上都重复着赛博格模式。这种模式与“女性写作”不谋而合。小说的每个部分都利用技术和隐喻将超文本与多元性和女性主体性合为一谈。杰克逊在麻省理工学院的演讲“缝纫组”(Stitch Bitch)中说:“那被流放的身体不是女人的,而是女性的身体。也就是说,它是无定形的、间接的、不纯的、多样的、闪烁其词的——我们把这称作糟糕的写作。良好的写作是直接的、有效的、干净似白骨……超文本就是几个世纪以来被诅咒的,与女性相联系的事物。它分散、倦怠、满世界宣扬自己的魅力。……超文本是文学编辑要删除的那种:女性的。”⑤ 女性被传统定义为男性的“他者”,身处几千年男性精心建立的思维结构的边缘,其象征就是多元、复数、发散,随时从事着颠覆男性中心的活动。⑥ 女性写作具有与男性写作不同的特点,男性依赖文化传统,运用语言来写作,女性却用身体的体验和感受来写作——这种语言是反理性的、无规范的、具有破坏性和

① Heather Latimer. Reproductive Technologies, Fetal Icons, and Genetic Freaks: Shelley Jackson's Patchwork Girl and the Limits and Possibilities of Donna Haraway's Cyborg[J]. Modern Fiction Studies, 2011(57):318-335.

② Donna Haraway. Simians, Cyborgs, and Women: The Reinvention of Nature[M]. New York: Routledge, 1990:177.

③ Anthony, Susan B. Speech After Being Convicted of Voting. 1873. http://gos.sbc.edu/a/anthony.html.

④ Donna Haraway. Simians, Cyborgs, and Women: The Reinvention of Nature[M]. New York: Routledge, 1990:153.

⑤ Shelley Jackson. Stitch Bitch: The Hypertext Author As Cyborg-Femme Narrator[DB/OL]. MIT "Transformations of the Book" Conference. (1998-10-24)[2016-11-02]. https://www.heise.de/tp/features/Amerika-Online-7-3 441 257.htm.

⑥ 朱刚. 二十世纪西方文论[M]. 北京:北京大学出版社,2006:349.

颠覆性的。[①]小说中,无论读者从哪里开始,都必然会发现女性身体和超文本的联系。"百纳被"由一系列较短的段落组成,每个段落都交织着引自各种资源的只言片语。读者可以认为这些段落是有统一思想的写作组成部分,也可看成标明原出处的,以不同字体和样式显示的引语的拼贴。表面上看,"被子"和拼补女孩的故事本身并无关联,事实上,杰克逊是在以元小说的创作方法将小说的创作理念和女孩的"生产"过程理论化了,是以各种资料的拼贴来比喻女孩那被缝补起来的身体。可以说,正是内容与形式的完美统一让《拼补女孩》成为超文本小说中颇具创意的典范之作。

结语

数字文学是在印刷文学五百年的霸权统治后来临的,它的组成部分来自各种不相融合的传统,因而本质上是混杂的,如同一个不同词汇、专业知识和期待视野会聚一处交际往来的自由贸易区。虽然许多电子作品在形式、结构和语言符号等方面都类似于印刷文学作品,但它们却是在一个新的背景下写作和阅读的,因为当代文化的重要成分:电脑游戏、电影、动画、数字艺术、视觉艺术和造型设计等都为它输入了大量信息。依照伯尔特的观点,再媒体化既是"致敬",也是"竞争",是"影响的焦虑"。[②]印刷文本被数字化的目的是:站在印刷媒体的对立面,以差异显示自身的媒体特质;将电子文本置于印刷文化这个重要的社会语境中,以技术手段显示自身的权威和价值。我们今天的写作和阅读策略,以及对文学的认知和情感都因为电子物质的介入而有别于印刷时代。但必须注意的是,"在每一个传统边界被跨越的情况下,遵守传统形式仍是完全可能的"。[③]数字文学的出现并不意味着印刷文学的终结,印刷大背景下形成的书写规范、阅读习惯、叙事模式等将始终影响着数字文学话语的形成。

① 邱运华. 文学批评方法与案例[M]. 北京:北京大学出版社,2006:227.

② Jay David Bolter. Writing Space: Computers, Hypertext, and the Remediation of Print[M]. Mahwah: Lawrence Erlbaum Associates, 2001:52.

③ [芬兰]莱恩·考斯基马. 数字文学:从文本到超文本及其超越[M]. 单小曦,译. 桂林:广西师范大学出版社,2011:212.

第五章　数字文学的发展：以新媒体为基底的创作

由于数字技术的迅猛发展，尤其是计算机操作系统的周期性更新，数字文学的形式始终处在变换之中。如本雅明所言：每一种艺术形式的发展史都有一些关键阶段，在这些关键阶段中，艺术形式就追求着那些只有在技术水准发生变化的，即只有在某个新的艺术形式中才会随意产生的效应。①

第一节　超链接生成的超文本叙事

在 1965 年美国计算机协会的全国会议上，信息技术思想家泰德·纳尔逊（Ted Nelson）在论文《复杂信息处理：一种为复杂、变化和不确定文件服务的文件结构》（*Complex Information Processing: A File Structure for the Complex, the Changing, and the Indeterminate*）中提出了"超文本"（hypertext）概念。此后，超文本系统在布朗大学、麻省理工学院、卡内基·梅隆大学等被不断研发。1987 年，由美国计算机学会主办的第一次国际超文本技术研讨大会召开，标志着超文本已经受到广泛的关注，正在形成一个新的领域。超文本的核心是电子超链接技术，它通过关键词在不同的文本形式（文本、声音、图像等）间建立关联；它能够使当下的阅读参考其他文本的内容，从而更符合人类多线性、交叉性和由此及彼扩展性联想的思维特征。在《文字机器》（*Literary Machines*）一书中，纳尔逊又将这种文本模式概括为"非相续性写作"（non-sequential writing）。② 个人电脑和网络技术的迅猛发展带来了全新的文学表现方式，超文本文学（hypertext literature）——利用超链接技术创作的，以电子形式储存和发布的文学作品——就是其中的一种，但它绝不是传统文学的简单网络化，而是具有超级链接、立体结构、多媒体展示、互动对话的艺术特征。传统文学文本是封闭的平面展示，而超文本文学则显示为多种平面文本的叠加，呈现立体化开放性网状结构。它通过超级链接，向读者展示出意义生发的不同路径和多种可能。

早期的超文本小说作家继续着实验文学的传统，把迷失感当作一种审美质素。读者在选择链接的过程中往往会迷路，既不知道自己当前的位置，也无法回到初始状态，这势必会引起他们的挫败感，因此超文本小说至今还未进入主流文学。虽然如此，以罗伯特·库佛（Robert Coover）为代表的作家和批评家却对超文本小说问世欢呼雀跃。库佛的《书之终结》（*The End of Book*）就宣称"在工业化和商业民主上升时期就已经开始占据舞台中心的传统小说"不过是业已作古的"族长性、殖民性、经典性、独裁性、等级性和权威性等价值的病毒式载体而已"，而超文本小说可以从文本片段的不同组合中获得更多的意义，就像"一

① [德]本雅明. 机械复制时代的艺术作品[M]. 王才勇，译. 北京：中国城市出版社，2001：58.

② Noah Wardrip-Fruin. The New Media Reader[M]. Cambridge：MIT Press，2003：452.

个供人在一生的经验中自由往来的时间隧道一样。设置于作品内部的超链接将把叙述带入听凭兴趣驱使的意识流星座”。[①] 海尔斯（Katherine Hayles）将1995年之前的数字文学作品称为“第一代”或“古典时期”，并认为《拼补女孩》（*Patchwork Girl*）是这一期间的巅峰之作。[②]1996年鲍比•罗比德（Bobby Rabyd）在万维网上发表的第一篇互动小说《六九年的阳光》（*Sunshine'69*），用故事背景导航图和一个非线性的情景日历为读者提供九种不同的视角来选择阅读；1997年，阿美利卡（Mark Amerika）为美国国家科学基金会（National Science Foundation）制作的互动网络小说《格莱迈特朗》（*Grammatron*），是最早被“纽约惠特尼双年展”（Whitney Biennial of American Art）纳入的网络作品之一。1998年诺顿公司（W. W. Norton & Company）将麦克•乔伊斯（Michael Joyce）的《下午，一个故事》（*Afternoon: a story*）和道格拉斯（Yellowlees Douglas）的《我什么也没说》（*I Had Said Nothing*）收入《美国后现代小说选集》（*Postmodern American Fiction*）（读者上网输入密码便可开启），说明数字作品开始受到了主流文学界的关注。

一、读者角色的转变

读者参与度，即“互动性”是数字作品的重要特征，也是区分新旧媒体的重要标志。互动性并没有简化故事的讲述，因为传统叙事事先假设了时间、逻辑和因果关系的线性和同一方向性，而选择性系统则包括了一个线性或多线性的分支结构，比如树、根茎或网络状。进一步讲，叙事意义是故事讲述者或设计者自上而下（top-down）规划的产品，而互动性要求的是从用户那里自下而上（bottom-up）的输入。结构良好的叙事模式最终是由自上而下和自下而上的无缝结合创造出来的，这种结合要求某一类型的文本结构和某一形式的用户介入。

首先，超文本作品的读者角色有了一定程度的转变，由被动接受作者信息转为掌握故事情节走向的舵手形象。因为作品中嵌入的超链接将文本片段（lexia）连接在一起，读者需根据自己的喜好、猜测、动机及期望来选择路径，组合成故事，每次所得的意义仅是众多可能之一，每一次阅读都带来不同的故事。读者的参与决定作品发展过程的次序编排，大大增加了作品结构和内容的任意性。唯有因果顺序产生的线性叙述才可读的传统叙事理念已被树状或网状组态的布局否定了，读者实现了文本的收尾、闭幕和延续。

超文本就是一个可以无限地去中心化的和再中心化的系统。它是由一些相链接的、没有主坐标轴的文本组成的，每个文本都内含若干个指向其他文本的超链接标记；它构成的网络没有边界，只有无尽的延伸和扩展。不同的书写和阅读同时呈现在电脑屏幕上，形成一个各色话语交错的空间，读者的能动性在此方得以充分体现——他们借由链接在网页之间自由地往来穿梭，在赛博空间不断地跳跃，不时地更换、调整浏览的地点，确定自己的阅读中心，获取属于自己的意义。因此，罗伯特•库佛说：“超文本（叙述）强调的是，叙述所赋予读者的权力与其说是阅读，还不如说是重新组织他所能获得的众多文本。”[③]

超文本蕴含时空交错的混沌，它是以诸多链接形式在空间上无限延展的，但相对于一个浏览者而言不可能同时展开，因为每次点击只能激活一个链接，而当这个链接被激活时，其

① [美]罗伯特•库佛. 书籍的终结[J]. 陈定家，译. 南阳师范学院学报，2007（2）：55.

② Katherine Hayles. Writing Machines[M]. Cambridge and London：MIT Press，2005：27.

③ [美]罗伯特•库佛. 书籍的终结[J]. 陈定家，译. 南阳师范学院学报，2007（2）：56.

他链接在空间和时间上便由在场转化为缺席,对它们的探寻也相应地被搁置了。这种延缓并不是对结构的破坏,而正是超文本的悖论:一方面,读者认为自己的选择形成的路径带来了异于别人的、独特自创的欢愉和满足;但另一方面,在一条路径之外总是存在无限数量的其他路径,选取一条链接就会永久地关闭其他的路径,而那条路径上或许隐藏着对获取某种意义至关重要的信息,这造成了读者的迷惑感。在这个无限延展的网络空间中存在着无数个相对独立的节点,除非读者自行终止,否则文本的展开、意义的延续是没有止境的,"中心"的传统意义也就不复存在了。

列维-斯特劳斯(Claude Levi-Strauss)在《野性的思维》(*La pensée sauuage*)中提到,原始人为了解释无限的世界,不得不将有限的神话元素随手取材,组合拼接,编制成一个个看似独立,但实际上有着千丝万缕指涉关系的神话故事,这就是"修补术"(bricolage)。与理性的艺术创作有别的是,它不是从规划好的想法开始,而是将现成的文段组合成为一件不同元素的拼缀物。由此,每一个超文本读者都不可避免地成了"修补匠"(bricoleur):各个文本片段就是他的原材料,他需借助自身的关联能力,挖掘出各文段之间内在的纠葛;他不是旁观者,而是意义的构建者。在超文本中,任何一条超链接都可以被视为对某一问题的进一步补充说明。超链接既可帮助读者追根溯源,也可扩展延伸——是围绕一个能指建立起来的"场"或"域"。文本中的若干超链接分散了当下这个"场"的内聚力,使得意义不断蒸发,向外蔓延。读者的追踪轨迹相对于自己来说是有始有终的,但相对于"网络"而言是无谓头尾的。可以说,通过技术将不相干的碎片重聚的过程传递了另外一种统合感。

其次,互动性早在超文本技术应用于叙事文学之前就得到了研发。依赖于自然语言处理(natural language processing)的长足的进步,加之1966年麻省理工学院约瑟夫·魏曾鲍姆(Joseph Weizenbaum)开发的聊天机器人ELIZA掀起了人工智能研究的热潮。20世纪80年代初,麻省理工学院开发的里程碑式的《魔域》(*Zork*)是第一个完全在电子环境中发展起来的交互式故事(interactive fiction, IF),也是电子游戏历史上最早的文字冒险游戏(text adventure games)之一。

交互式故事题材包括理想国、复仇、预言、阴谋、谜团等,它有两个重要特征:语法分析(parsing),即根据给定的文法对某一单词序列进行理解;模仿虚拟世界中存在的某种情状,以及它们的行为和反应。《魔域》融合了几项语法分析和环境建模中的领先技术,它的研发者于1979年联合成立了互动小说商业市场最主要的公司Infocom。Infocom故事的脚本来自各类流行的文学体裁。马克·布兰卡(Marc Blank)的《死期》(*Deadline*)就是最早涉猎游戏改编的。其他还包括根据科幻小说《斯塔克罗斯》(*Starcross*)、考古探险故事《异教徒》(*Infidel*)、爱情故事《偷心》(*Plundered Hearts*),以及流行小说《银河系漫游指南》(*The Hitchhiker' s Guide to the Galaxy*)改编的互动叙事。此类故事的简介或说明通常都是三十多页的印刷文字,与传统的小说并无二致,阅读之后读者就可开启计算机,插入软盘或CD来完成之后的阅读。

IF要求读者在剧情进程的分岔点做出决定,因此它是一种树状小说,具体说来,它超越了对故事背景最初的铺陈,要求连续的文本输入来促成剧情的发展。为能成功地遍历文本,向着最佳的结果迈进,读者沉溺于其中的不是基本的解释能力,而是揭示谜底。交互式小说在程序层面上容纳“最终的情形”,在叙事话语的层面上容纳“最终的回应”①,这与许多典型的缺乏结尾的数字小说形式有明显区别。IF 有两种独立或并行使用的模式:其一,读者扮演的是故事的中心人物,以键入指令的方式指挥人物对屏幕上的文本描述做出反应。一般的指令都是两个字,比如输入“向北”,计算机就会处理命令,显示新的描述来应答。文字输入都非常简单,且在使用说明中已做出了具体限制。其二,故事通常被设计为多分支情节和开放式结局,读者的选择将会影响故事的发展和人物的命运,极大地加强了剧情的带入感和读者的操控感。比如在《青铜时代》(*Brozon*)② 中,玩家角色进入城堡、东行进入一处老宅的厢房、发现并拿走头盔(戴上头盔便能听得更清楚)、然后穿过厨房进入黑暗。不过,这不是《青铜时代》的唯一的故事或者叙述,它只是某一串事件的序列,由于读者的键入而发生了。玩家也有可能键入了别的指令,一开始去到了别的地方;也可能没有找到头盔就直接进入了黑暗区域。事实上,互动性并非是由计算机技术使然的现象,它出现在两个层面上:一是内含于文本本身的,但这种面对面交互的维度被手稿、印刷书写的形式关闭了;二是由媒体或技术组成的:电脑提供的选择系统包括了一个线性或多线性的分支结构,比如整齐辐射的树状或纵横交错的网络状,实现了信息的实时交换。进一步讲,叙事意义是故事设计者自上而下规划的产品,而互动性要求的是从用户那里自下而上的输入。互动叙事首先在于它的文学性,即以文字叙述为主,依靠细节描述带动剧情。但作为“游戏”而言,仅有文学情思的创作不啻是文学作品从书本到屏幕的“搬家”,在商业上也无法获利,而界面、场景、音效等就成为附加于叙事的外延设计,与文字的内涵创作并重。因此,文字与画面的情景交融一直以来都是交互式叙事追求的境界。

尽管互动这种意指符合游戏需要的不过是书上的语句和读者尚待激活的想象力之间的碰撞,但由数字技术赋予文本的这 特性在很大程度上实现了“意义”的后现代概念。互动性将文本的无限自我更新理想从所指层面转调到了能指层面。在超文本这种典型的互动文本形式中,读者点击超链接来决定文本的展开。每个超链接带来的文本块都包含若干类似的超链接,每一次阅读都产生出不同的文本,这里的“文本”指读者所扫视的一组或一个序列的符号。所以,根据瑞恩(Marie-Laure Ryan)的说法,“标准化印刷文本的读者从不变的语意基底中建构起个性化的解释,而互动文本的读者参与到显示为可视符号的文本建构中。尽管这个过程被限制在规划好的若干选择之中——即作者设计的分支——这种相对的自由还是被誉为由更多创造性而较少限制性产生出意义的阅读活动。”③ 如西克里克所言,交互式小说凭借自身的能力成为引人注目的数字文学形式,它一面吸引叙事元素,另一面又游戏这些元素。“当这种形式有力地演示了‘算法创意性’如何与动态的生成文本协调起来的时候,它当然也成了一种为文学革新做出贡献的艺术形式。”④

虽然同属于多线性互动叙事的类别,但以 storyspace 为代表的超文本小说和 inform 发

① Terry Harpold. The Contingencies of the Hypertext Link[M]//Noah Wardrip-Fruin, Nick Montfort. The New Media Reader. Cambridge: MIT Press, 2003:126.

② Emily Short. Making of Bronze[DB/OL]. Authoring System: Inform 7. (dates unavailable) [2016-01-22]. www.well.com/user/jmalloy/elit/emily_short_bronze.html.

③ Marie-Laure Ryan. Narrative as Virtual Reality: Immersion and Interactivity in Literature and Electronic Media[M]. Baltimore: Johns Hopkins University Press, 2001:11.

④ David Ciccoricco. Digital Fiction Networked Narratives[M]//Joe Bray. The Routledge Companion to Experimental Literature. New York: Routldge, 2012:492.

布的互动故事还存在着差别。与超文本小说相比较，Inform 故事让读者通过语言与机器交流，而 Storyspace 小说单单点击鼠标就可回应。Inform 以初级的人工智能组件（比如它知道故事世界的化身在哪里，它要完成的使命是什么）为基础搭建了一个世界。它展现的是蝴蝶效应的魅力——读者操纵的主人公的一举一动都会影响其他人物的命运，并且读者要依靠逻辑关联的惯性思考方式来展开推理，因此互动小说的作者在情节设计上需遵循较严密的因果关系。相比较而言，Storyspace 软件将操作局限于文本片段的机械组合上，不用保持故事世界内部演化的表征，不用切换逻辑规则的数据库来决定情节的顺序，只根据用户点击的那个热链接跳转到存储地址即可。这一点使得 Storyspace 文本在操作模式上比交互式故事更具决定论意味。

二、超文本与后结构主义

1966 年 10 月，几乎是纳尔逊提出“超文本”概念的一年后，在霍普金斯大学召开的“批评语言和人的科学”的国际学术会议上，雅克·德里达（Jacques Derrida）发表了后结构主义宣言式的论文《结构、符号和人文科学话语中的嬉戏》（*Structure, Sign, and Play in the Discourse of the Human Sciences*），对西方由来已久的逻各斯中心主义思想提出了质疑。超文本理念的倡导者和实践者与后结构主义理论家有着共同的主张：放弃建立在中心、空白、等级和线性等概念之上的体系，代之以非线性、多重性、减少作者控制和复杂的信息网络等概念；他们都认为电子环境下的话语是针对印刷书籍的强势和弱势的直接反应，这种范式的改变是人类思想的解放。超文本理论的研究者们也都不约而同地将分支文本的概念与后结构主义思想联系起来。

电子超文本可谓后结构主义“互文”与“根茎”思想的例证。

首先，超文本本身就是“互文”系统。罗兰·巴特说，“任何文本都只不过是一个铺天盖地巨大意义网络上的一个纽结；它与四周的牵连千丝万缕，无一定向”[①]，这就是“互文性”。中世纪的人们将世界比喻成“上帝写就的一本巨大天书”，在巴特看来，这本天书的背后“没有一个终极的神旨，而是一个无互涉关系的‘斑驳杂糅的辞典’”。[②] 如此看来，言语并没有什么先在且能够依赖的根基，它可以被不断地拆解；所有文本都被无限数量的互文文本渗透着，因此上下文的视界总是处在动态的建构之中。早在电子超文本概念提出之前，解构主义学家希利斯·米勒对解构主义阐释方法的描述就让体验过超文本的读者有似曾相识的感觉，在《小说与重复》（*Fiction and Repetition*）中，他这样形容读一本哈代小说的方式：“每一段文章都是一个关节点，一个交叉点（或焦点），来自小说中其他许多段落，并最终将它们包揽无遗的线索在此聚合。……集中在一个特定段落中的一系列联系（或重复）为数众多，异常复杂，读者只能在各个因素间来回穿梭行进，依照其他因素，尽其所能解释各个因素。”[③]

米勒还在《作为宿主的评论家》（*The Critic as Host*）中描述了散布但连接的文本片段，人们可以跟随某个片段去到一个不断被拓宽和放大的文本宇宙上。这个片段是“一篇批评文章所引述的片断，而且这种批评文章中含有引自别的文章的引文，就好比寄生虫寄生在它

① [法]罗兰·巴特. 文之悦[M]. 屠友祥，译. 上海：上海人民出版社，2002:7.
② [法]罗兰·巴特. 文之悦[M]. 屠友祥，译. 上海：上海人民出版社，2002:7.
③ [美]希利斯·米勒. 小说与重复[M]. 王宏图，译. 天津：天津人民出版社，2007:143.

的宿主里"[①]。米勒在此想表达的是文本片段不可估量的可延展性和它作为纽带的身份。它是整个表意符号的海洋中的一个岛屿，一个节点，看似无足轻重，但却可能是界线本身，是一个含混的过渡：它好似置于水中的渗透膜，内部与外部事实上是相联系、相混淆的，"外部得以入内"，"内部得以外出"，内、外被一分为二的同时又被合二为一[②]。在超文本中，这"片言只语"就是附带超链接标记的词语，若干以这个词语为中心的或包含这个词语的文本汇聚于此，在语意上或相互补充、加强，或互相冲突、排斥；这个词语被卷入各种语境中，有了无限的延展性。无论人们将互文性视为一种特殊的审美质素，还是意义产生的基本条件，都必须看到，作为超文本核心的电子链接是实现互文性关系的理想设计。

其次，超文本反映出了"根茎"思想。

法国后现代哲学家吉尔・德勒兹（Gilles Louis Réné Deleuze）与心理分析学家伽塔利（Pierre-Flix Guattari）1980年合著的《资本主义与精神分裂卷2：千高原》（*A Thousand Plateaus: Capitalism and Schizophrenia*）在人文科学领域影响深远。这部理论性的著作在布局上被设计成一个众多语篇独立但又盘根错节、相互指涉的矩阵，作者在前言中说，"在某种程度上，这些高原可以被相互独立地进行阅读"[③]，没有对阅读顺序的明确规定，因为该书没有明显的章、节之分，读者隐含的任务就是建立起"高原"之间的联系。《千高原》的核心概念"根茎"（rhizome）以非中心、无规则、斜逸横出的特征与原点、规范、等级、分层的树状思维模式相对决。像德里达和超文本的发明者一样，德勒兹提出了一种较新鲜的，能够提供更真实有效的信息的书本形式："此种多元体可以通过浅层的地下茎与其他的多元体相连接。从而形成并拓张一个根茎。我们将这本书当作一个根茎来写。"[④]这样的描述和计算机集群（cluster）或是子网络在大型的网络（如万维网）中组织自己的方式如出一辙。

"根茎"是与树状根本相对的层级，因为它"连接任意两点，它的线条并不必然与相同本性的线条相连接"[⑤]。人们通常依靠树状结构，比如二元对立谱系学和层级的思想把表面上无尽的信息流划分成更容易吸收的小份儿。但这种方法最终变成了理解意义的唯一办法，限制而非强化或许解放了人类的思想。与此相反，"根茎"却可以分析诸如土豆、草莓等植物"没有开端也没有终结，而是始终处于中间"的多元体结构[⑥]。这种结构代表着后现代主义动态、异质、非二元对立的思维方式。超文本恰恰体现了德勒兹列举的这些特点：它将信息分散到非中心化的系统中，将语言分散到多重符号维度中；它如根茎一般是有着"多重入口和出口"的开放而不是封闭的系统。比起等级来，它更接近混沌状态，因此，互联网被认为是全世界最大的有效运转的无政府组织，作为核心技术的超文本发挥着重要的作用。

"非示意的断裂的原则"[⑦]是"根茎"的重要特征。一个根茎可以在任意部位被撕裂、截断，但它不会终结，而是会沿着某条线重新开始。这个"重新开始"被德勒兹称为"解域运动"，即脱离了当前的语境，然后"重新赋予一个能指以权力的构型，以及重新构成一个主体

① [美]希利斯・米勒. 作为寄主的批评家[M]//王逢振，等. 最新西方文论选. 桂林：漓江出版社，1991：161.

② [美]希利斯・米勒. 作为寄主的批评家[M]//王逢振，等. 最新西方文论选. 桂林：漓江出版社，1991：158.

③ [法]德勒兹，伽塔利. 资本主义与精神分裂卷2：千高原[M]. 姜宇辉，译. 上海：上海书店出版社，2010：1.

④ [法]德勒兹，伽塔利. 资本主义与精神分裂卷2：千高原[M]. 姜宇辉，译. 上海：上海书店出版社，2010：29.

⑤ [法]德勒兹，伽塔利. 资本主义与精神分裂卷2：千高原[M]. 姜宇辉，译. 上海：上海书店出版社，2010：27.

⑥ [法]德勒兹，伽塔利. 资本主义与精神分裂卷2：千高原[M]. 姜宇辉，译. 上海：上海书店出版社，2010：27.

⑦ [法]德勒兹，伽塔利. 资本主义与精神分裂卷2：千高原[M]. 姜宇辉，译. 上海：上海书店出版社，2010：10.

的属性”①，即与另一语境的“再结域”。解域运动和再结域的过程是相互关联，彼此承继的。超文本是由被超链接所连接的节点组成的非线性文本。每一个节点就是一个隐含的叙事片段，以下划线或高亮度词（句）为标记。作者通过设计链接将各节点连接在一起，链接路径有一对一和一对多两种，这样一来，节点之间的联系就会呈现树状或网状或者两者相混合的结构。如果把当下在场的文本（叙事片段）看作一个“域”或一个语境，那么它当中的链接就是可以随时逃逸、脱离这个语境的路径；点击链接就打开了新的页面，换言之，被链接词与之前页面的“域”的关系就解除了，同时它又现身于另一页面中，与那个文本的其他表意符号结成一个新的“域”，即“再结域”。无论是作为理论构想的“根茎”，还是作为文本传输协议的超文本，“域”或文本之间的横向互通都扰乱了线性叙事。根茎的横溢斜出、交叉缠结和超文本的一贯的脱离“干道”、无休止追根溯源都打破了线性叙事，将文本（片段）以紧密或松散的关联性逻辑聚积在一起。这种聚积有着交错、纷繁和网状的结构，允许不同的线索、意义和力量各行其道，也允许它们交叉、缠绕，正所谓“剪不断，理还乱”。

电子超文本更被赞誉为表现并检验了后结构主义思想。如伯尔特所言，超文本性包含后结构主义者“开放式文本”的诸多概念，“在印刷文本中异乎寻常的事情在电子媒介中已经变得稀松平常，不值一提，因为这些可以被展现出来”。② 兰多也指出，超文本的出现实践了德里达、巴特等人提出的后结构主义文本理论。计算机理论家和文学批评家虽然都在各自的领域著书立说，互不往来，但他们的思想却表现出显著的聚合态势。当然，更多的学者客观地分析了这种“聚合”，认为，超文本概念和后结构主义思想是分属于不同学科领域的问题，它们的研究前提、理论依据和方法论都存在差距，更重要的是，承载它们研究的物质基础——印刷媒体和数字化媒体——也不尽相同，所以它们在概念的吻合上亦不可能严丝合缝。但必须看到的是，20 世纪 50 年代以后，“世界步入了高速发展的后工业化时代，科学知识转变为一种话语，科学、技术与语言联系在一起，尤其是计算机技术的运用带来了知识总图景的变化”。③

超文本作品的历史虽然短暂，但它的载体也是随技术更新而变换的。较早期的超文本小说，如上一章提到的《下午》《维多利亚花园》《拼补女孩》等，都是由美国东门公司（Eastgate Systems）在 80 年代末发布的超文本写作软件 Storyspace 完成的。Storyspace 能够包容大量的材料，并且生成出非常复杂的结构布局，以磁盘形式发售的针对苹果电脑和个人电脑用户的单机版。进入 20 世纪 90 年代，随着个人电脑和网络的普及，更多的超文本作品发布在互联网上供免费阅读，但由于网络存储受服务器升级、搬迁、收费等影响，有些作品早已难觅踪迹了。有些作者为延续作品的生命，出版了原作品的印刷版，比如艾德里安·艾森（Adrienne Eisen）的超文本故事《六幅性情景》（*Six Sex Scenes*），2001 年由 Broadvision 出版了名为《制造情景》（*Making Scenes*）的小说。之前讨论过的超文本作品《未知》在 2012 年也由 Spineless Books 出版了同名印刷书。功成名就的作家们为了显示自己并没有在新媒体时代落伍，将那些篇章间蕴含指涉、参照和对应关系的印刷作品经过程序化加工，以数字小

① [法]德勒兹，伽塔利. 资本主义与精神分裂卷 2：千高原[M]. 姜宇辉，译. 上海：上海书店出版社，2010：11.

② Bolter, Jay David. Writing Space: Computers, Hypertext, and the Remediation of Print[M]. Mahwah: Lawrence Erlbaum Associates, 2001: 190.

③ 汝信. 现代西方思想文化精要[M]. 长春：吉林人民出版社，1998：415.

说的形式重新出现在互联网上，如库佛的《野玫瑰》和 J.G. 巴拉德 1970 年版的《暴行展览》都于 2001 年改编成了交互搜索式的网上版本。

不过，这种现象存在两个悖论：作者一方面跟随数字化潮流，利用超文本软件发挥语言的潜能，创作出了结构复杂的迷宫式作品，但另一方面，为了拥有更广泛的读者群和提高自己的知名度，他们不得不出版纸介质书籍；而事实上，作品载体（数字或印刷）的差异性是不容忽视的，超文本作品本身是不可翻译（转换）成印刷版本的，翻译也只能是部分章节的搬家。因此，即便作家出版了电子超文本作品的印刷版，也只能是“神似而形散”。

第二节　媒体聚合促进的动态叙事

20 世纪 90 年代中期，计算机系统有效地编码并传送视听资料的能力深刻地影响了数字文本性。微软公司研发成功的“视窗”系统以其最通用的“窗口—图标—菜单—指针”操作界面改变了以往依赖命令输入的不透明界面。以此为基础的作品不再突出链接技术本身，而是充分地利用了视窗操作环境的多模式功能、多种导航方案和界面隐喻，注重艺术与形式的融合，增强了作品静谧的画面感。并且，Web 浏览器能够静态呈现文本、图像、声音和视频，通过文本动力学促进它们之间的合成。数字小说的新形式涌现出来，试图探索、超越和解构数字技术的默认功能和使用。早期的 Storyspace 软件以链接—文本片段（link-lexia）结构为标示，在颜色和声音方面的能力较为有限，而多媒体软件，如 Flash、Dreamweaver 和 quicktime 等的开发带来了新一波的数字文学，将文字文本和图表、图画、动画和音乐以日臻娴熟的技巧结合起来。海尔斯将此定义为从第一代数字小说向第二代的转变。

一、诗歌的视觉化倾向

诗歌与图像的融合无论如何都不能算作文学的革新，它的历史要追溯到印刷技术之前的手抄本时代；并且，这种“融合”不仅仅是指可有可无、处于次要的、从属地位的“插图”，而更多是指与文字相得益彰的、功能性的图画、图示与图形；它是一个表意整体或结构不可或缺的部分。

吉本斯（Alison Gibbons）对书的图像历史做了深入的研究。他指出，中世纪泥金装饰手抄本（illuminated manuscripts），比如《林迪司发娜福音书》（*The Lindisfarne Gospels*）到处都充满了复杂绘制的图案。14 和 15 世纪宗教作品的兴起保留了早期手抄本，如《勒特雷尔诗篇》（*Luttrell Psalter*）的视觉性。这本 150 首拉丁诗篇的书装饰精美、色彩丰富、金银镶饰，并配有奇幻的插图。这样的图像作品更接近于超现实主义，补充、加强并且有时还与它们伴随的诗篇相矛盾。除了诗歌本身的数量、细节、功能和创造性，“图像的确赋予了《勒特雷尔诗篇》在书本历史上独一无二的特点与地位。”[①]18 世纪劳伦斯 • 斯泰恩（Laurence Sterne）褒贬不一的《项迪传》（*Life and Opinions of Tristram Shandy*）把玩的就是文字与界面结合的形式，从视觉和叙事意义都有很多有趣的地方：主人公亚瑞克被宣布死亡后的那页便是“黑页”、令人费解的“大理石页”、描述叙述轨迹的曲线等。《项迪传》怪异和实验性的精神在许

① Alison Gibbons. Multimodal Literature and Experimentation[M]//Joe Bray. The Routledge Companion to Experimental Literature. New York: Routldge, 2012:440.

多方面都引人注意。经历了中世纪书与符号形式的最初发展，维多利亚时期是插图书的黄金时代，主要得益于在此期间印刷技术的发展。刘易斯·卡罗（Lewis Carroll）的《爱丽丝漫游记》（*Alice in Wonderland*）就包含了许多具象诗模式的文本设计。而现代主义时期的文字与图像相结合“不是为了博取视觉愉悦，而是致力于审美实验，从横跨欧洲的一系列文学活动中可见一斑”[①]。20世纪后半叶后现代主义到来，多模态文学又卷土重来。麦克黑尔在《后现代主义小说》中指出，后现代作家采用一系列手段来强调本体划分：空间利用（字体、空白页、页边）、具象散文和插图（或他所称的“反插图”）、脚注、多栏、多路径阅读等[②]。

20世纪70年代最早的家用机Apple II问世以来，电脑的绘图、算法和互动性促进了作品形式上的改观。作家们都热切地进行新媒体实验，他们接过先锋派艺术家约翰·凯奇（John Cage）的衣钵，没有把电脑当成节省劳动力的工具，而是当成创新和加料的手段。90年代中期图形界面的革新将基于文本的互联网转变成了满载图像的网络，同期也扩大了自己的用户群和可能性。电子文学的性质发生了根本性改变。

计算机不可否认地促进了印刷排版实验中图形元素的发展，尽管过去的诗人用打字机和印刷机也能创作出精美的视觉作品，但计算机却使这些文本操作简单容易了。著名的当代文学批评家、美国科学与艺术学院院士玛乔瑞·帕洛夫在《激进的艺术》（*Radical Artifice*）中就肯定了这一点：电子排版能轻松地“使用多种多样希腊和罗马风格、重新设计字母形状、让它们亮一些或暗一点儿、改变传统文字中的字母—图形比率、改变‘常规的’图形—背景关系……以各种方式装扮文本、使用各种颜色、改变字体或大小写等等”。[③]

劳瑞·埃摩森（Lori Emerson）用“读写性”（reading writing）来概括诗歌创作的视觉倾向。他认为，媒体诗学也许会侵蚀传统的文学类别，诗可以是视觉艺术，也可以是虚构作品，反之，视觉和虚构作品都能为诗。因为人们总是不断地与网络连接，受新的、无形的强大算法驱动——媒体诗学（media poetics）正在成为一种实践，不仅是对书写界面的限制和可能性，而且还有其对读写实践本身进行的实验：当网络对我们的每一次点击和输入的每一块文本都进行跟踪、给出索引、赋以算法时，就是在不断地“阅读我们的写作和书写我们的阅读”。这种“阅读与书写奇怪的弥合，甚至二者间产生的反馈回路都标志着文学的本质与概念的一次明确转变。”[④] 埃摩森还指出，这是一种深受麦克卢汉启迪的读写模式：“如麦克卢汉所言，你不能让新媒体做老活计。新诗中的信息不能与旧诗中的信息同日而语……我现在感兴趣的是新诗将不会是用来读的诗歌了。它将被用来观看……我是说书、印刷文化已经结束了。”[⑤]

① Alison Gibbons. Multimodal Literature and Experimentation[M]//Joe Bray. The Routledge Companion to Experimental Literature. New York: Routldge, 2012:440.

② Alison Gibbons. Multimodal Literature and Experimentation[M]//Joe Bray. The Routledge Companion to Experimental Literature. New York: Routldge, 2012:442.

③ [美]玛乔瑞·帕洛夫. 激进的艺术：媒体时代的诗歌创作[M]. 聂珍钊，译. 上海：上海外语教育出版社，2012:13.

④ Lori Emerson. Reading Writing Interfaces: from the Digital to the Bookbound[M]. Minneapolis: University of Minnesota Press, 2014:15.

⑤ Lori Emerson. Reading Writing Interfaces: from the Digital to the Bookbound[M]. Minneapolis: University of Minnesota Press, 2014:121.

二、Flash 动态诗歌

21 世纪的前十年,第一代建立于 Storyspace 或 Html 中的基于长篇幅文本的超链接文学让位给了动态的、可视的和动画的第二代作品。这其中起到决定性作用的是成就了多媒体、多模态和互动审美的 Macromedia Flash 动画程序。由于长度的限制，Flash 叙事既不是 Storyspace 的复杂迷宫,也并非交互式故事旷日持久的追寻。它有两个主要功能:对作品进程加以控制和以它为技术核心创作视频诗歌。

1.Flash 控制了作品的进程

由从时钟衡量的客观真实时间到由精神世界(回忆、幻觉、幻想、做梦)的机制所支配的主观时间,时间性投射未来或探索过往。书本的形式预设了一种时间的无限性,即阅读时间不受限。而在电子媒介中,设计者可以施加操纵,让某种形式的时间“流逝”起到增进表达的作用。

Flash 能够产生出“流动”的信息。Flash 视频与 Storyspace 最重要的区别在于:从空间航行向时间动态的重点转移。计算机总是以时间流来操作的,但这种“流”能被软件轻易地控制,Storyspace 和 Infocom 引擎也能做到这一点:程序执行了一系列向专门地址的跳跃,将它们的内容显示在屏幕上,并且等待用户的输入后做下一次起跳并显示其他地址的内容。不过,在 Flash 一类程序中时间被解放了,读者和作者都可以控制进度——当然这取决于作者的设计初衷。Flash 文本的播放的确好像放映电影,有些作品交由读者控制速度,由他们决定在某一帧上花费的时间,等同于阅读印刷书的轻松闲适。在另外一些作品中,作者可以控制视频播放的进度、文本和图像保留的时间、它们会经历的变化,以及用户执行某个动作所需要的时长,比如在某一特定帧数上停止,直至用户激活按钮,或倒回到之前的帧数上。屏幕看上去好像在用户不作为的情况下自行重写。

摩斯洛普的经典电子小说《网际漫游》①(*Hegirascope*)的阅读体验迥异于我们习惯的文本。无论是在印刷作品还是在很多电子文学作品中,读者可以随时停止或控制阅读的进程。但在这部小说中,读者若不作为——点击网页中的超链接或断开网络——放任文本自己“表演”,那么它每隔 5 至 10 秒就会自动翻页,一路带领读者畅游其中。这种效果其实来自后台程序所控制的定时链接,这也正配合了小说“不停歇地变换地点的无形骸漫游”的主题思想。再比如,戈德史密斯(Kenneth Goldsmith)的《独白》(*Soliloquy*)② 充分利用了鼠标的移动来让读者体验口头语言的转瞬即逝:在白色屏幕上移动鼠标就会有句子出现,但鼠标再次移动时句子则会消失。费德曼(Raymond Federman)的《吃书》(*Eating Book*)以一横行形式出现在屏幕上,当一个新的词从屏幕右方出现时,屏幕左方的一个词随即消失——字词被“吃掉”。印刷书本允许读者向前、向后或重新翻阅,而上述电子文本却不允许这一点点的非顺序阅读行为,因为《吃书》一旦开始被阅读就不会复现。此类方法在现代的电影字幕中很常见,但在这里显然不仅仅是为了增强视觉效果,重要的是达到内容与形式的契合。突出的范例还有韩、美两国艺术家建立的网络艺术表演“张英海重工业”(Young-hae Chang

① Stuart Moulthrop. Hegirascope[EB/OL].[2017-01-02]. http://www.cddc.vt.edu/journals/newriver/moulthrop/HGS2/Hegirascope.html.

② Kenneth Goldsmith. Soliloquy [EB/OL].[2016-01-02]. http://epc.buffalo.edu/authors/goldsmith/soliloquy/.

Heavy Industries)，其作品的重点在于用音效、文本和定时程序的配合传达给观赏者的文学性陈述。比如在“达科塔”(*Dakota*)这个与现代主义印刷文本相联系的作品中，庞德《诗章》(*The Cantos*)的前两部随着爵士乐节奏呈现出来。因为文本播放的节奏要与音乐节拍同步，读者的阅读速度有时难以配合，所以时常处于无法完全解码的焦虑之中，体现出数字文学倾向的疏离、迷失的审美观。

2.Flash 创造了视频诗歌

印刷文化早已意识到语言在视觉方面的表达潜质。具象诗(concrete poem)是将文本作为审美对象，创造性地用不同字体、字号、颜色、策略性的空间布置等图示法来阐明诗意的作品。它表现的是语言的疏散和思维形成的过程，展示的是解构、重构和由静态词句转变成动态“角色”的能力，要求的是语意和非语意的同等接受。马拉美 1897 的《骰子一掷》可谓视觉诗歌的先锋之作，在排版、词句、韵律都方面都进行了大胆的革新。玄学派诗人乔治·赫伯特的《复活节翅膀》和超现实主义倡导者阿波利奈尔的“图画诗”等设计巧妙，形意相伴。e.e. 卡明斯别出心裁地安排字句而产生出画面感——那孤独的，随风飘零的落叶，那不断重组、最后浮出水面的跳蛙(r-p-o-p-h-e-s-s-a-g-r)——已经深深地印刻在具象诗的历史中。而数字空间的符号和图像处理技术带来了语言前所未有的触摸感和观赏体验。它对诗歌创作影响至深，因为从超现实主义的“图画诗”(calligrammes)到具象诗都试图提升字母、词语、标点等元素的视觉表现和图示效果，通过大胆排版造成各元素间的相互作用。其理论和美学目标就是达到“‘事物—词语’在‘时—空’中的张力”。①

数字媒体所赋予的动态功能使得诗人能够对时间与空间的框架进行实验。许多数字文本的程序性设计都在仿效 Oulipo(Ouvrior de litterature potentielle)、具象诗或美国本土实验者，如约翰·凯奇的“嵌合体诗”(mesostics)、麦克·娄(Jackson Mac Low)和激浪派(Fluxus)的“规则约束的艺术作品”(rule-governed compositions)。史蒂芬斯的(Brian Kim Stefans)《字母的入梦生活》(*the dreamlife of letters*)就是以动态的二维空间创作出的对于语言性质和功能的游戏式沉思的 Flash 诗歌。整首诗时长 12 分钟，26 个或黑或白的英文字母在橘色背景的方框中依次“粉墨登场”，从各个方向，以各种形状、各种形式出现、消失，不断地分裂、再集结，产生新的组合形式。它们动感十足，要么兀自表演，要么结合其他词语共组诗句。所传递的信息是：当词语独自“闲逛”时，其意义是缺失的；但当它偶遇其他词语并与之结合时，就能焕发新的生机。观众可以选择全程不间断地播放，也可在“Index”中选取某个字母的片段播放。

以第三节“behoove to Caucasians”为例，如果将其置于印刷页面中，它将是这样的：

behoove bellamy bellum
ben bend bi bi big bike
binaries / bo/ orders
but
butt
Caucasians

① Emmett Williams. Anthology of Concrete Poetry[M]. New York: Something Else Press, 1967:124.

文字被锚定在它们的行中，就此减少了它们在电子版本中拥有的双关、同一组字母的不同排列产生的异议（paragram）以及将词语拆分成一个个音节或字母（lettrism）的可能性；而动画效果展现的却是另一番情形：

“behoove bellamy bellum”依次出现在橘色方框的左下角。之后“ben bend bi bi big bike”以蛇的姿态从右上角曲折而入，弯曲、重合、互相推撞，旨在产生出一个时间序列来表现“Big Ben”（大本钟）的样子；以“bike”为中心模仿自行车划过屏幕的轨迹；“binaries”的“i”出现在了左上角后随即消失，成了印度地名“Benares”，同时“bo”和“orders”同时现身，构成了二元对立的分界线；之后，巨大的“B”在“bo”后面出现，产生了“Bob”，紧跟着，大型字母“B”被“but”“butt”和“buy”嵌入，所有这些都是小型的白色字母，而黑色的“Caucasians”出现在左下方向，预告了下一个字母C的片段——如此这番的描述虽周到，但与直观的动态情形相比，语言的苍白无力显而易见，即便是屏幕截图（图5-1[①]）也只能抓住一个瞬间的景象，无法穷尽所有的画面。斯蒂芬斯在前言中说道：“除了想说这部作品是非互动式的，我不想过多地解释。明确地讲，比起互动作品，它更像是一部小电影，这里似乎没有什么让观众自然切入的方式……我认为我没有在其中展现字母梦的生活；字母们有太多的梦，像我发现的那样，尽管我直到最后也无法穷尽。”[②]

方可豪瑟尔说：“各种形式的数字诗歌都探索和表现了我们生活的这个文化时刻的高度加工性和机械性。”[③]计算机程序和软件业改变着文本的操作方式。在数字媒介中，书面语句获得了新的、运动的维度：它们在屏幕上跳舞、闪烁、闪现、改变字号和颜色、变成三维的、变平并消失或变形为其他词。Flash、Photoshop、3D等图像处理技术轻松地呈现这些效果，而且还延伸了视觉诗歌的美学思想，创造出更具活力的景观——视频诗歌（video poetry），一种将思想、技术和观影体验融为一体的跨媒体写作。此时的诗歌语言不再停留于固定和沉默的纸页上，而是通过附带链接、复杂的图形组件、音轨等功效的计算机语言将思想、技术和观影体验融为一体，勾画出印刷作品不可企及的维度。视频诗歌的主要功能是展示思维的过程和感官体验（视觉、听觉）的共时性——它的意义是与图像和声音融合而成的，而不是图像和文字的简单并置。康维斯（Tom Konyves）认为视频诗歌“培养了当今能够在批评、电子诗歌、诗歌—数字混合体中发现的对科技文化（technocultural）的悟性”。[④]

---

① 图见：http://collection.eliterature.org/1/works/stefans__the_dreamlife_of_letters.html.

② Brian Kim Stefans. The Dreamlife of Letters[DB/OL]. 2000 [2016-10-2]. http://collection.eliterature.org/1/works/stefans__the_dreamlife_of_letters.html.

③ Chris Funkhouser. Prehistoric Digital Poetry：An Archaeology of Forms[M]. Tuscaloosa：The Univesity of Alabama Press，2007：223.

④ Tom Konyves. Viedeopoetry：A Manifesto[DB/OL]. 2011 [2016-10-2]. http://issuu.com/tomkonyves/docs/manifesto_pdf.

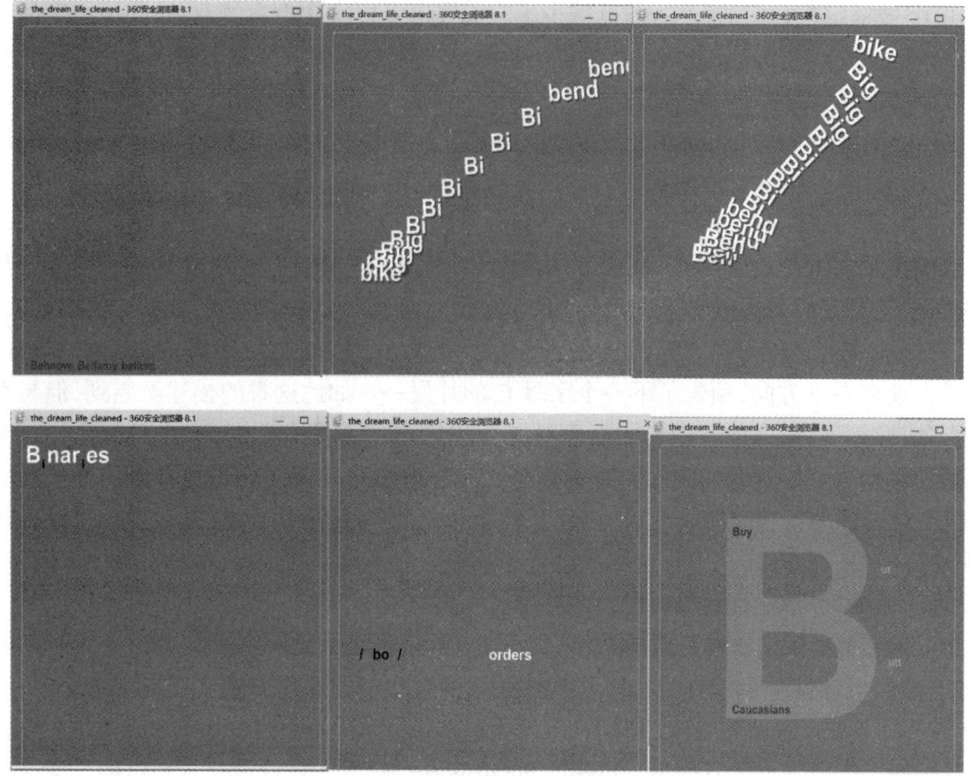

图 5-1 《字母的入梦生活》的屏幕截图

三、游戏—文学混合体

进入 21 世纪，文学文本视觉化的趋势更加显著，从单纯的、按照一定规则排列的文字符号页面变化为可“听”可“看”的媒体作品，计算机数字图像无与伦比的易变性、多感官合成能力、在空间链接计算机并在虚拟环境中将用户聚集起来的能力更是促进了这些发展。从最早的交互式故事《魔域》一路发展而来的视频游戏将数字文学带入新的境界。当这种游戏“在叙事机制上有更多的投入、有连贯的虚构世界规划或任何形式的明显地对文字世界的戏玩性指涉和参与”① 的时候，恩斯林（Astrid Ensslin）称其为“游戏性数字文学”（ludic digital literature）和“文学性电脑游戏”②（literary computer games）——二者都是将视觉、游戏设计和文学创作的技巧与物质性融为一体的数字作品。

1. 游戏性的数字文学和文学性的电脑游戏

尽管数字作品通常都以一个特殊的文类来标记和指涉，如 Flash 小说、多媒体叙事、诗歌游戏或互动戏剧等，但事实上，在过去的十年里发展的当代媒体景观中，艺术流派间的界限愈加模糊，将数字艺术形式分门别类已十分困难——尤其是那些合并了书面和口头语、动

① David Ciccoricco. Digital Fiction Networked Narratives[M]//Joe Bray. The Routledge Companion to Experimental Literature. New York：Routldge，2012：471.

② Astrid Ensslin. Computer Gaming[M]//Joe Bray. The Routledge Companion to Experimental Literature. New York：Routldge，2012：499.

画、静态图像、影像视频、音频、游戏等表现形式的，带有不同的美学效果的数字叙事。

正因游戏—文学混合体在数字领域中展现的是多种语意符号，而文字只是其组成的一种，所以恩斯林从“实验性语言艺术（verbal art）”的视角考量了电脑游戏的文学性（literariness），包括艺术地、动态地和多模态地使用文字的文本。她指出，这里的“文学性”必须与印刷的和它所暗示的接受（比如顺序性、封闭、二维）有所区别，并且需在“文字艺术”“视觉诗歌”“互动戏剧”或旨在“推翻线性话语的文字结构和将不同的诗学融入混杂传统”的数字叙事的层面上来理解。[①] 简言之，旨在“冲击线性（印刷）话语的语言结构，将不同诗学溶解铸造成一种混合传统”的人工制品[②]。这种作品包括的文本以非传统的方式使用和突出了口头和书面语言，并且以动力学和多模态的形式将它们嵌入“总体艺术”（恩斯林在这里用德语的“Gesamtkunstwerke”一词，指设法使用所有或多种艺术形式的作品），而不是因循僵硬的“玻璃下的纸张”（paper-under-glass）的轨道（即 2.2.1 所述的文学“数字移民”，从纸介质到电脑屏幕上的“搬家”）。

毫无疑问，游戏的存在首先是为了玩。不过一些严肃的游戏艺术家也对视觉和文学艺术进行实验，将它们嵌入游戏的结构中，创造出了特别的审美和阐释内容；同样地，数字作家也实验了游戏结构，将它们纳入自己的故事和诗学产品中。“其结果就是混合数字产品的丰富生态圈，它藐视清晰的类别划分，挑战了受众的跨媒体能力和评论者的批评话语存储量的应对能力。”[③] 考虑到对此混合生态圈更具系统性的学术研究，恩斯林提出了一个游戏性数字文学和文学视频游戏之间的“连续统一体”（continuum）。“游戏性数字文学”是用来“读”的，突出对口头或书面语言结构的过度周密或刻意松散的安排，但是它也突出了游戏元素，旨在同一时间颠覆或利用它们；相反，“文学性电脑游戏”是用来玩的，但要突出诗歌、戏剧或剧情叙述的元素，它要求玩家站在阐释的立场上来促进游戏与文本结构的细读，同时反思存在于游戏和文本层面之下的意义。事实上，这只是一种理想主义划分，对具体作品而言，只能依游戏和文学成分孰多孰劣来判断。恩斯林想说明的是，从理论上讲，数字文本的“读”指语言解码，以及这个词任何抽象和隐喻的意思，比如读音乐、视觉艺术或视频游戏的程序修辞。[④] 由此，电脑游戏不应从文学和数字的虚构性中移除[⑤]，毋宁说，为了能投入“数字文学”这个大伞下的分析对象中，它们需要展示特别的可读性元素，包括书面或口头语言，以及能促进或激发文体学、叙事学和游戏学分析的独特文本性。

互文性是文学性游戏共有的特点。它们虽是电脑游戏，但却有着一些明显的诗歌、戏剧和叙事元素，比如引用西方文学经典、丰富的对话模式或诗歌穿插等，与文学文本有着明显的或潜在的互文性；并且与这些游戏互文的原文本越是批判性地、创意性地、自我指涉性地和讽刺性地交织，它们就越会显示出“文学性”。例如《贸易风之奥德赛》（*Tradewinds Odyssey*）是玩家在航行中利用智慧毁灭敌人，建设、加强和升级自己的船来称霸爱琴海，最后把

① Astrid Ensslin. Computer Gaming[M]//Joe Bray. The Routledge Companion to Experimental Literature. New York：Routldge，2012：499.

② Giselle Beiguelman. The Reader，the Player and the Executable Poetics[M]//J. Schäfer，P. Gendolla. Beyond the Screen：Transformations of Literary Structures. Interfaces and Genres. Bielefeld：Transcript，2010：409.

③ Alice Bell. Analyzing Digital Fiction[M]. New York：Routledge，2014：88.

④ Ian Bogost. Persuasive Games：The Expressive Power of Videogames[M]. Boston：MIT Press，2007：78.

⑤ Astrid Ensslin. Literary Gaming[M]. Cambridge，MA：MIT Press，2014.

货物运到新大陆——与荷马史诗《奥德赛》历尽艰辛的海上诗篇形成互文；《文学守护者：仙境历险记》（*Fiction Fixers*：*Adventures in Wonderland*）的玩家身份是文学名著的守护者，通过搜索隐藏物、解谜语，攻克小游戏来阻止破坏者对人类文化遗产的毁灭——与卡洛斯的《爱丽丝漫游仙境》互相映射。再以菲兹杰拉德《了不起的盖茨比》为例，除电影、戏剧、歌剧、芭蕾等输出方式之外，最令人瞩目的莫过于游戏巨头 Oberon Media 出品的电脑游戏《经典冒险：了不起的盖茨比》（*Classical Adventure*：*Great Gatsby*）。玩家身份是原小说的叙述者尼克，以他找寻盖茨比的历程为主线，其间的对话和文字全部来自原小说；游戏涵盖了字谜、寻宝等经典的冒险游戏项目。可以讲，艺术混融性和审美流动性被这类游戏设计发挥到了更高的层次上。恩斯林认为："在这种近乎打破传统和实验性的范式中尤其重要的是电脑游戏在一定程度上实施了挪用（détournement）和（嬉玩而又严肃的）解构的理念，从语言学、多模态或其他的层面上使得数字游戏的实质成为主题和（或）思考的对象。"[①] 德莱格纳（Dragona）说："用游戏作为超越僵硬的形式和打破束缚的实践是当今艺术游戏的显著特征。在此领域工作的艺术家是在与规则游戏，而非根据规则游戏；他们更改或否定指令、结构、美感和规范，把现代的游戏世界视为当代数字领域的表现。"[②] 当电脑游戏被视为文学艺术时，诗学的技法就会被用来探索规则、反馈、挑战、行为监控，以及其他游戏机制的功能可供性（affordance）。

2.《路》的游戏—文学叙事

《路》（*The Path*）是美国著名的游戏工作室 Tale of Tales 对法国作家夏尔·佩罗（de Charles Perrault）的民间故事《小红帽》（*Little Red Riding Hood*）进行跨媒体改编的艺术游戏（图 5-2[③]）。它用游戏世界代替了原作中的线性叙述情节，将其置于现代社会的哥特式背景之下。人物是六个处于青春期不同阶段的女孩子，她们的名字都是"红"的近义词：Robin，Rose，Ginger，Ruby，Carmen，and Scarlet；她们的穿着都是色彩饱和度不一的红黑配；她们都有自己那个年龄段特殊的性格和表达方式。玩家可在这六个九到十九岁的姐妹中选择角色。每个女孩的版本都代表了游戏的不同级别，但都以同样的方式开始：离开大城市，看望住在森林深处的外婆。玩家电脑在每一级的开始都仅显示这样的指令："去外婆家"和"待在路上"。一旦玩家没有勘探森林就进入了房子，那么她会被记分牌告知没有收集任何物品，没有打开过任何的门，还有最烦恼的是她还未曾遭遇"狼"，因此她败了。所以游戏的反馈就是告诉玩家与狼狭路相逢是最理想的玩法，只有在森林中迷路、拾东西、路过不同的地方、与人和事打交道才是唯一成功之路。因此，每个人物的故事和命运便毫无例外地取决于与那只神秘的，以各种具体或抽象形式显现的狼的狭路相逢。《路》的文学性体现在两个方面。

① Astrid Ensslin. Playing with Rather than by the Rules：Metaludicity，Allusive Fallacy，and Illusory Agency in The Path[M]//Alice Bell. Analyzing Digital Fiction. New York：Routledge，2014：88.

② D Dragona. From Parasitism to Institutionalism：Risks and Tactics for Game-Based Art [M]//R. Catlow，et al. Artists Rethinking Games. Liverpool：Liverpool University Press，2010：26–32.

③ 图见：http://thepath-game.com.

图 5-2 《路》的主界面

一方面,《路》有着非常明显的文学性设计。

与商业游戏的鸿篇巨制和围绕频繁奔跑、射击、迷乱等流行题材相比较,《路》的游戏设置简洁明了,它要求最少的键盘输入,更多时候玩家只需控制鼠标让角色前进。据开发者说,该游戏“通过独特的游戏玩法提供了一种探索、发现和反省的神秘氛围,令人深深地沉浸于它的黑暗主题中”。[①] 此外,《路》是一个“慢速游戏”(slow game),它蔑视快动作,强调的是情感、哲学和阐释的过程,并且也采用各种技术来实现它。尽管玩家可在走与跑之间切换,但这却对总体视野带来了消极的后果,因为当视角在游戏世界里移动了数米后,森林里许多潜在、有用的可视线索就变得模糊了。相反,人物行动的慢节奏和稀少的互动能够让玩家思索他们的经历并对游戏内在的信息进行假设和判断。

更重要的是《路》显示了文学性设计,强调了文学经典在玩家心中唤起的审美效果。首先,游戏的宏观结构被标示以戏剧术语。它包含三“幕”:第一幕“红房子”是每一级别的开场,主角就是玩家选择的人物,即玩家角色(PC: player-character)。第二幕“森林”是游戏的主要场地,PC 穿过森林寻找可收集的东西,可尝试的冒险,遇到了于她而言的“狼”。每当 PC 接近互动环节时,一个小场景就会出现,详尽描述互动中发生的事情,比如是从墓地中捡到一片头盖骨,还是爬到树上。玩家角色只要一到达房子的门前,第三幕“外婆家”就开始了。这一部分毫无悬念地以最终满目疮痍的场面结束,随之出现的是记分牌,上面写着“x 章完”,似乎暗示玩家刚进行的是阅读行为,而非游戏活动。《路》并不包含任何其他角色扮演游戏中那些“真正的”得分点,激励晋级和人物历经时日的发展壮大。它沿用水平、非等级的,而不是垂直、层级式结构,与标准的视频游戏相比较,它更近似于一部短篇故事集,或小说中的一章。玩这场游戏的经历类似于近距离,深切地关注虚构与自传式叙事的细节,而非大多视频游戏提供和要求的以成就导向型(achievement-oriented)为目的。

《路》并不以人物间口头或书面的,或游戏角色和非角色人物之间的对话为主。同样地,玩家也没有被任何画外音或贯穿始终的书面指令引导。除了开始时零星的指令、第一幕

① Auriea Harvey, Michaël Samyn. The Path[DB/OL]. Tale of Tales. (2009-03-18) [2016-11-2]. http://thepath-game.com/.

中的人物标签，以及每一级末尾的记分牌以外几乎没有使用过什么文字语言。这使得第二幕中的文字语言非常突出：用言语表达出来的内心独白的小文段配合了每个人物认知和情感发展的阶段，体现出她们的个性。比如，当 Scarlet 一进到那座荒废了的剧院时，她像哲学家一样沉思起来，"艺术是人性高贵的表达。我不能生活在没有它的世界里"。相反，Robin 的内心独白无论从语言上还是从智慧上都没那么深邃。在墓地，她独自思忖，"人终有一死。我这样的小孩子还是难以想象。他们死了，我们埋葬。像花儿一样"（图 5-3[①]）。因此，无论多么简短或突兀，内心独白起到了抒情和刻画人物的目的，因此也强化了游戏的文学感。

图 5-3 Robin 的内心独白

此外，游戏的外部环境也加强了文学气息。游戏的官网[②]虚构了每个姐妹的博客，以及来自各方虚构与真实的访问者的评论。博客的写作风格适用于每个人物的年龄，传递了它的虚构作者额外的个人信息、情感和趣闻轶事。奇怪的是，每一个她们所谓的"实况日志"（Live Journal）（图 5-4[③]）的结尾都是同样的日期——2009 年 1 月到 4 月间，即游戏发布的前夕。这种跨虚实的越界设计弥合了玩家真实世界和游戏虚构世界在本体论上的鸿沟，暗示了无论姑娘们在这一阐释过程中显得多么幼稚、浅薄或聪慧、深刻，都要把她们在游戏世界中虚构的死亡"当真"。

① 图见：http://tale-of-tales.com/ThePath/gallery.html

② The Path website：http://tale-of-tales.com/The Path/

③ 图见：http://tale-of-tales.com/The Path/

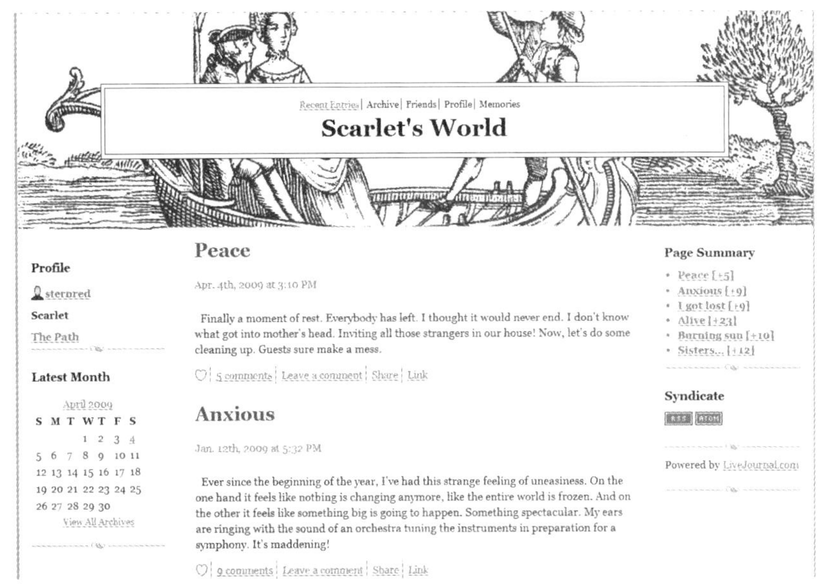

图 5-4　Scarlet 的实况日志

另一方面,《路》的游戏性叙事建构也不容忽视。

游戏开发人员通常都把自己的项目描述成“故事讲述”(storytelling),但叙事与游戏的联想却受到游戏学学者(ludologist)的抨击,因为在他们看来游戏与叙事是相互排斥的矛盾两级:游戏是基于实时(real-time)模拟的实况动作;而叙事是对已发生事件的回顾性唤起。而瑞恩(Marie-Laure Ryan)却认为这种冲突是可以调和的,因为“数字媒介对游戏的主要贡献在于让策略性的游戏活动和虚构世界中假装与想象性的参与相互兼容。通过叙事维度,电子游戏不止唤起我们的竞争精神和解决问题的技能,而且要求玩家比在传统棋盘游戏或体育比赛上投入更丰富的想象力”[①]。同样地,恩斯林提出了三项游戏机制与故事世界融合的游戏—叙事学技法,更广泛地强调了游戏的颠覆性和自我指涉性所涉及的范围:元游戏性(metaludicity)、暗指谬误(allusive fallacy)、虚幻代理(illusory agency)。

第一,“元游戏性”指一个游戏的方方面面,其目的在于让玩家批判性地思考游戏的机制和它的玩法。

首先,作为艺术游戏的《路》是一个不能也不愿取胜的游戏。它的主界面告诉读者:“游戏有一规则,需被打破。只一个目标,一旦达到,必死无疑”[②]。这里,游戏明确的使命被双重颠覆了:打破规则是游戏的组成部分,并且成功的游戏玩法等同于虚拟世界的自杀——这与大多商业游戏的逃生、杀敌等套路背道而驰。游戏的目的是让 PC 尽她所能地深入探索,在路上尽量多地收集物件,尽可能地历经艰险,包括遭遇狼。游戏最终的胜利仅取决于是否遇到狼,它所传递的暗含在文本和游戏层面之下的信息——青春期成熟过程中的艰苦与磨难,和它们对年轻人性格和自我形象造成的损伤——是通过不得不与狼互动而获胜的技术性细节表现出来的。玩家随意从一个姐妹转向另一个姐妹,很像阅读一部小说的各章节,或是超文本的一个文段,一旦整个游戏过程完成,六个姐妹都死去了,玩家又被鼓励重新开始。因

① Marie-Laure Ryan. Avatars of Story[M]. Minneapolis/London: University of Minnesota Press, 2006:23.

② Auriea Harvey, Michaël Samyn. The Path[DB/OL]. Tale of Tales. (2009-03-18) [2016-11-2]. http://thepath-game.com/.

此，游戏设计者坦言，玩家“要尝试与游戏合作，而非对抗”，同时还要形成“一种在叙事和象征性结构的语境中有利于阅读游戏的游戏性态度。”① 尽管《路》是一个高度叙事的游戏，从类别上也属于冒险或逃亡惊悚游戏，但它没有突出任何的奇遇，也没有要求读者施展任何特殊的游戏技巧：“这里没有滴答作响的钟表和怪物去击败，也没有难解之谜阻挡你的行程。游戏中的活动大多是可选择和自愿的”——除去遭遇狼。因此，玩家也能将他们的注意力从动态地执行操作转入符号的解码和阐释上。

其次，《路》的元游戏性还表现在它从“儿戏”（paidia）到“游戏”（ludus）的过程。拉丁语动词“ludere”（即 play）派生出两个词：“paidia”（即兴的、非结构的、不严肃的玩法）和“ludus”（严肃的、基于规则的、结构性的游戏）②。前者与孩童游戏的天真与随意相关，而后者表现的是青年在青春期成长的过程中获取的成年人的规则。六姐妹的性格也是这种进化的真实写照，从罗宾喜爱在林中玩耍，通过萝丝与大自然的亲近，到罗比的虚无和斯嘉丽担负责任的成熟。同样，每个角色都以不同方式代表着人们生活中的“游戏规则”：罗宾易于接受规则较少的儿童游戏、萝丝认可大自然神秘的美学规律、金杰追求她所探索的所谓的游戏人生、罗比能忍受人性与社会的残酷法则、卡门对挑逗式的诱惑规则难以拒绝、斯嘉丽遵守社交礼仪。

第二，“暗指谬误”合并了“暗指”（字面上指借由文字游戏嬉戏或指涉某物）和有意制造陷阱的概念。陷入暗指谬误的玩家也有意识地被误导。

《路》的暗喻谬误指一些造成误导的符号设计。一旦偏离了去往外婆家的路，PC 就会发现自己处在无法走出的茂密森林中。零星的灯光、空气与地上的尘埃，以及散射的阳光似乎都暗示着可导航的线索。某些符号设计，比如大片模糊的白色螺旋物自始至终保持它的神秘，如果不阅读手册，玩家则无法领会其中的意图。另外，最引人注目的是每当 PC 接近于分配给另外姐妹的物品时，那个姐妹的特写就进入了界面。这种设计对于没读过手册的玩家来说并不明显，但对于细腻的读者（玩家）来说，它不仅是为游戏的下一个章节做铺垫，而且的确是一种预期的叙述或预热，神秘地暗示另一姐妹的过去或即将来临的痛苦和死亡。恩斯林说：“游戏中的暗喻设计给玩家施加了一种奇怪的令人不安的影响，尤其如果他们没有阅读手册而开始游戏的时候。他们不禁感觉自己漫无目的地游历于森林之中，并且她们的道路也不断地将她们引向可怕但却无法避免的与狼的遭遇。”③

第三，“虚幻代理”指游戏设计的一个方面，它表面上允许读者的自由控制和个人选择，但实际上通过相对线性的叙事引导他们因循预先设定的路线。④

通常，规则是来构建游戏，同时提供一种游戏的方向感，以及胜利和终结的条件；规则越少，游戏就越简单。如果严格地遵循《路》的规则，玩家自然会把游戏经验限制在游戏明确的规则和目的之中，其实不然，如在“元游戏性”中所述，严格地依循路线去到外婆家只能失

① Astrid Ensslin. Playing with Rather than by the Rules：Metaludicity，Allusive Fallacy，and Illusory Agency in The Path[M]//Alice Bell. Analyzing Digital Fiction. New York：Routledge，2014:97.

② Roger Caillois. Man，Play，Games[M]. M. Barash，Trans. New York：Schocken Books，1979.

③ Astrid Ensslin. Playing with Rather than by the Rules：Metaludicity，Allusive Fallacy，and Illusory Agency in The Path[M]//Alice Bell. Analyzing Digital Fiction. New York：Routledge，2014:100.

④ Astrid Ensslin. Playing with Rather than by the Rules：Metaludicity，Allusive Fallacy，and Illusory Agency in The Path[M]//Alice Bell. Analyzing Digital Fiction. New York：Routledge，2014:95.

败,因为设计者的目的是让玩家穿过森林时探索并对游戏世界进行反思。

第二幕中,在PC面前展开的无尽的场景似乎要求很大程度上的代理、策略性思考、探索和反复实验。除了六姐妹的年龄有顺序以外,没有一个事先计划好的叙述路径去跟随,玩家可以以任何顺序进行游戏。然而,细查之下会发现,由沙箱状的、无尽的林地所引起的代理感减弱了。一旦玩家意识到他主要的目的不是去完成贮存、去收集所有的白花儿,或是去打开外婆家的门,而是思索狼的象征物的意义,那么玩家与物的互动、森林的无限都变得无关紧要了,它所唤起的代理也没有意义了。毕竟,在第二级打通后,寻狼之路上都设有标识,并且只有一种方式与它交手:一旦接近它就放下所有的控制,让接下来发生的场景文段讲述剩下的故事。因此,游戏所传递的虚幻代理感是内在于玩家代理的游戏与叙事意义的丢失引起的,并且更强烈的非代理感占了上风,它被与创伤和死亡有关的挥之不去的感觉加强了。

第三节　互联网络形成的文学叙事

1991年,被公认为互联网之父的蒂姆•伯纳斯•李(Tim Berners-Lee)完成了万维网的设计,提供以超文本标记语言(Html)为传输协议的网页和直观的交互式图形界面,以前只有技术专家才能使用的因特网在操作上变得异常简单。互联网参与到了文化交换的去中心化过程中——网络使个体足不出户便与世界相连,并且参与到基于言语行为而非文化地位的虚拟社区中,从而绕过了一系列的社会和文化制度。以2003年为界,之前的互联网模式是单向度的,即用户以浏览网页为主,被动地接受网络信息,这时的“网络”只是信息的提供者,被称作“Web1.0”时代。而此后,互联网模式发生了革命性的改观,进入了内容更加丰富、联系和沟通性更强、应用门槛更低的“Web2.0”时代。网络成为发布平台和交流渠道,一些用户提供信息,另一些用户则获取信息,在此基础上产生了“社交媒体”(social media),指人们依靠网络和其他技术工具来分享信息,发表见解、经验和观点,讨论社会问题的工具和平台。论坛、博客、微信、Facebook、Twitter等皆属此类。

一、早期的网络叙事

早期的数字作品是由东门公司(Eastgate Systems)以磁盘和光盘形式发售的,而Web1.0时代的数字文学和诗歌主要是在万维网上免费发布的。

互联网络去中心化、互动、高互文性、虚拟聚群等特征突破了人类在真实空间交流中受时间与空间限制的藩篱,经济、高速、便捷、海量地传递信息。互联网作品也正是利用了这些特性。比如,马修•鲍德温(Matthew Baldwin)的《扎卡里•马什的生活日报》(*The Live Journal of Zachary Marsh*[①])是挪用博客的文学创作;罗博•维蒂希(Rob Wittig)的《蓝色公司》(*Blue Company*)是通过电子邮件分发的系列叙事。理论上讲,所有文本在数字环境中都是无限的和等距离的,这使得集体创作成为可能。作家们也充分地利用了这种方式:《未知》(*The Unknown*)(1998—2001)就是对超文本的无限延伸进行的实验,旨在将百科全书式小说的概念重新刻录在web上。《百万企鹅》(*A Million Penguins*)是基于维基百科的集

① Live Journal是一个综合型SNS交友网站,有论坛、博客等功能。

体性创意写作项目。

其中特别要提到的是小说家理查德·帕沃斯(Richard Powers)。他继承了托马斯·品钦、J.G. 巴拉德、约翰·巴斯等作家的衣钵,将现代科学和技术中的新型理论、发现、动态和愿景都融入了文学创作中。帕沃斯利用了互联网的海量信息存储,以及人们往往不能够区分事实与虚构,无法理解赛博文本的真正情形等特点创作了电子邮件互动小说《文学手法》(*Literary Devices*)。读者下载他的"Dialogos"程序便可开启小说旅程。Dialogos 的界面和其它电邮界面,如 outlook 并无二致。读者可以写信给任何人:已故的亲人、童年的朋友,甚至文学人物,比如简·爱、盖茨比等,然后点击"发送",无需详细地址。Dialogos 搜索一番后会回信给发送者,好似是由去世祖父、朋友和简·爱等人回复的——如此无尽的往复便构成了一部书信体小说。计算机仿佛潜入历史的和虚构的人物体内,通过与发送者的对话使这些人物停留在了小说的虚构世界中,成功地在读者心中激起怀疑、好奇或是恐惧。这种创作和创意方式不得不令人惊叹作者程序设计的复杂性和对互联网的创造性利用。

事实上,这种叙事是利用了格雷马斯(Algirdas Julien Greimas)在叙事学研究中提出的六个"行动位"(actants):主体、客体、发送者、接受者、帮助者、反对者。具体地讲,Dialogos 程序产生了"行动位",也就是"在叙事结构中能够根据精确设计来行动的人物"。①作者首先需要将故事转换成叙事程序,把人物转换成职能或行动位;之后,故事要与互联网这个巨大的数据库和知识体相连接。计算机以每秒千万亿次的运算速度支持搜索引擎超音速和不间断的搜寻。搜索引擎会根据读者输入的关键词、出现频率、匹配程度等在茫茫的网页海洋中找到相关内容并反馈给 Dialogos,Dialogos 做一定处理后回复读者——看似复杂的生成过程事实上可在顷刻间完成。这样的叙事很可能读起来逻辑松散、怪诞荒谬、漏洞百出,甚至莫名其妙,但它仍不失为一种独特的创作手段,用零散信息拼凑出一个人物、一幅场景或一段故事。

"作者"在此的地位又如何呢?"作者之死"是一种允许的象征性死亡,是罗兰·巴特暗示的读者的出现,更具体地讲,是文本和阅读文本的开始。Dialogos 把这种象征性的思维转变成了真切的消失。如果说巴特"杀死"了"作者",那么 Dialogos 不仅去掉了作者的身体,还抹去了他在场的任何痕迹。没有人站在这些被阅读符号的源头;如果作者的象征之死促使了读者形象的出现,那么完全地去除作者就使得文本变成了孤儿。帕沃斯指出,用户可能会发现"交换海量信息的传输速度如此之迅猛以至于他们根本无法阅读。至于是谁发起了这场讯息交换已经变得过时且毫无意义了。故事自己讲述,关掉电脑也无济于事,因为故事发生在赛博空间——以自身的动力推动的非人类空间"。②《文学手法》是小说,却没有人来讲述,叙述是完全自动的,内容是从互联网中采集的。因此,这里需重新组织一下巴特 1977 年"作者已死"的著名宣言:作者不仅死了,而且是根本不需要了!这个功能,作者的功能,用福柯的话来说,已经被行动位,一项结构中的功能,一项无名的接替取代了。③

互联网小说就是安伯托·艾柯所谓"开放的作品"(work in movement)——作品处在运

① Algirdas Julien Greimas. Structural Semantics[M]. Daniele McDowell, Trans. Lincoln: University of Nebraska Press, 1984.

② Bertrand Gervais. Is There a Text on This Screen? Reading in an Era of Hypertextuality[M]//Susan Schreibman, Ray Siemens. A Companion to Digital Literary Studies. Oxford: Blackwell, 2008:211.

③ Michel Foucault. What Is an Author? [M]//Donald F. Bouchard. Language, Counter-Memory, Practice. New York: Cornell University Press, 1977:124.

动之中,呼吁欣赏者去发现作品内部关系的不断演变,同作者一起进行创作。[①] 但必须注意到,这种不断增加的自由度却要为文本自身的不稳定性付出代价。互联网逃脱了文本制度化的传统模式和机制,因而权威性、真实性、严肃性或质量都无所保障。

二、Twitter 微叙事

Twitter 是 2006 年由 Obvious 公司推出的能够短、频、快地传播信息的"互联网短信服务"("twitter"本意为鸟叫声)。Twitter 虽然也被翻译成"微博",但其含义却与我国新浪、腾讯等微博有着一定的差异。新浪微博最大的特点在于整合性,是各种媒体的多合一,它集社交、娱乐甚至付费等服务为一体,可谓"麻雀虽小五脏俱全";而 Twitter 的定位是"信息以最快速度传播的网络",它专注于文字界面,没有即时聊天、音乐、游戏等功能。用户可通过多种设备访问 Twitter 账户,可从其他用户中选择"关注"(follow)的对象,一旦选择关注,对象所发的帖子就会出现在他的时间轴(timeline)上,用户还可选择在必要时将原文链接或内容"转推"(retweet)到其他的网络平台中。

Twitter 最为人津津乐道的是每一条 Twitter 信息,即"推文"(tweet)被限制在 140 个字符内,这最初是由于技术原因,而后当用户习以为常地用不超过 140 个字符表达自己时,这反而成了 Twittter 的显著特征。用户不得不采用缩略语和固定词组或其他文字方法来适应文本格式的要求。这种格式虽然不是为艺术设计的,但它与艺术革新者的传统却巧妙地贴合了。它在某种程度上延续了法国文学潜能坊 Oulipo 的"定义式写作"(semo-definitional literature)风格,即作家按照严格、形式化的规则写作。比如乔治·佩雷科(Georges Perec)的小说《消失》(*Las Disparitions*)从未用过法语中使用最频繁的字母 e;纽芬(Doug Nufer)的《再也不要》(*Never Again*)的任何一个词都只用一遍。这些限制从不是纯粹的无聊游戏,而是能激发出人的创造性,让人发现一些会被忽略的东西。Twitter 用户与先锋派艺术家们面临同样的问题——他们都试图在一个新世界中以有意识的或任意的限制方式来表达自己。

Twitter 小说(Twitter fiction)可以从目前日益盛行的,基于新媒体技术的"微叙事"(micronarratives)来理解。利奥塔在《后现代状况:知识的报告》(*The Postmodern Condition*)中指出,在后现代社会,"宏大叙事"(grand narrative)已衰败,甚至面临瓦解的危机。"他观察到牛顿物理学让位给了量子力学和爱因斯坦相对论,整体证据在哥德尔定律之下失去了可能性,注意到了托姆的突变理论、精神分裂症、进退两难和悖论"[②],因此,由普遍、统一、整体、极权、决定论等构成的现代认识论和知识体系被差异性、多元性和局部的知识建构所取代。在这种知识状态中,"微叙事"以个性、非逻辑、新颖为特点,获得了合法地位,代替了宏大叙事的位置。利奥塔还认为,现代话语对终结(finality)没有诉求,即便它并不追求给叙事画上句号。他认为,计算机化的社会将重点从行动的完结转向行动的方式,这使得元叙述没有必要也无法忍受,因为技术是自我合法化的。[③] 文化转型(尤其是技术的进步)已经改变了科学、文学和艺术的历史宗旨。利奥塔多元化和相对主义的观点表明,艺术不再被要求

① [意]安波托·艾柯. 开放的作品[M]. 刘儒庭,译. 北京:新星出版社,2005:26.

② David M. Boje. Narrative Methods for Organizational and Communication Research[M]. London: SAGE Publications, 2001: 48.

③ Jean-François Lyotard. The Postmodern Condition: A Report on Knowledge[M]. Geoff Bennington, Brian Massumi, Trans. Minneapolis: University of Minnesota Press, 1984:108.

去寻求和制造真理与知识，它或许会放弃标准与分类。他提出的施为性(performativity)"使知识的实用功能一览无余"并且"将所有的语言游戏提至自我认识上"。[①]

1. 自足叙事

Twitter叙事有两种，第一种称为"shorty"，是自足的叙事，每一条推文独立成篇。shorty叙事依然采用了比较传统的情节结构，但通常强调纠葛(complication)和危机。大多推文虽然提供了某种完结感，但却与传统的大团圆结尾大相径庭，是一种惊诧或幻灭的感觉，如"他们惺惺相惜，隔街相望，却不曾相逢。他们的生活在两重天。他在脸书，她在推特。"[②]再比如"'消防车!'五岁的彼利喊道。妈妈告诉过他，爸爸当过消防员。等彼利大些的时候，他就放火引燃，希望能遇到爸爸。"[③]正如E．M．福斯特在《小说面面观》中说，"国王死了，王后死了"是陈述事实，是时间序列；而"国王死了，王后也抑郁而终"则带出了情节，是因果序列，一句话就概括了一个事件的起承转合。福斯特关于小说叙事的理论浓缩进这一经典的话语中，而在时空都已被压缩的数字时代里，Twitter叙事何尝又不是如此呢?

数字文学往往是对经典的叙事学，尤其是那些预设了叙事文本整体性、连贯、统一概念的模式与理念提出的挑战。亚里士多德的《诗学》认为叙事情节是建立在侵扰了原本有序情形的某种纠葛(complication)基础之上的，它造成了危机，通常以某种解决方式来终结。后来众多的理论都是因循这一基本轨迹的各种变体——如托多洛夫(Tzvetan Todorov)就称："叙事将我们从一种平衡状态带出，通过一段时间的不平衡状态，在临近叙述尾声之时又将我们重新带入最初的平衡状态中。"[④]普洛普(Vladimir Propp)在对民间故事的研究中也发现，大叙事其实是几个小叙事序列以各种关系组合而成的：首位衔接式、左右并列式、镶嵌式、重叠式等。开端、发展、高潮和结局要经过几轮合并与重组才得以完成。而微叙事将宏观框架进行拆分，压缩这一"工程"，无需事件的发展，直达高潮或结尾，利用看似简短，但却回味悠长的话语使其具有美学上的享受。

除纯文字表达以外，作者也利用了Twitter提供的其他功能。比如著名的Twitter小说作者巴苏(Arjun Basu)就利用了可链接别处内容的功能。比如，下面的推文所描述的情景就被链接到了Instagram[⑤]的一张风景照片上："这是灰暗的城市，一个他试了也无法逃脱的地方。你怎么看?她问他。我瘦了。"[⑥]插入链接的功能使得Twitter用户能够给他们的关注者提供更多的内容，而不失已经成为这种设限形式优点的即时感和短小精辟的直率感。从讲故事人的观点看，它提供了将叙事延伸的机会，让读者体验到似乎是他们自己发现了新内容，到叙事的中心之外去探索和周游，"去重复随Web2.0到来的成为线上行为特点的那

① Jean-François Lyotard. The Postmodern Condition: A Report on Knowledge[M]. Geoff Bennington, Brian Massumi, Trans. Minneapolis: University of Minnesota Press, 1984:114.

② 原文是：Perfect for each other, they lived a block apart, but would never meet. They lived in different worlds. His was Facebook, hers was Twitter.

③ 原文是："Fire truck!" yelled five-year-old Billy. His mom had told him his dad was a fireman. When he got older he set fires, hoping to meet Dad.

④ Tzvetan Todorov. The Two Principles of Narrative [J]. Diacritics, 1971(1):37–44.

⑤ 在线分享图片和照片的服务商

⑥ 原文是：This was the grey city, a place he could not run from if he tried. What are you thinking? she asked him. I'm thin.

种增殖的和挑战边界的活动”。①

2. 连续性叙事

另外一种 Twitter 叙事是连续性的，叙事通过一段时间内发布的推文展开，为关注者提供了更强烈的参与感，让他们陷入一种“文段搜寻”（episode foraging）中②，好像能在其中主宰叙事的方向，开拓出自己的阅读路径；它也因此要求其用户的各种技巧和活跃度，尤其是回忆的能力和对进行中的虚构世界强烈的依附感和对人物的牵挂。

普利策小说奖获得者詹妮弗·伊根（Jennifer Egan）以 Twitter 的连载形式为《纽约客》撰写了故事“黑盒子”（Black Box）③（图 5-5④），讲述一个去地中海执行任务的女间谍对自己受训和执行任务情况的记录。一条推文可能是一条叙事者的经验总结，比如：

> If you love someone with dark skin, white skin looks drained of something vital.
>
> If your Designated Mate is widely feared, the beauties at the house party where you've gone undercover to meet him will be especially kind.
>
> Giggling is sometimes better than answering.
>
> Throwing back your head and closing your eyes allows you to give the appearance of sexual readiness while concealing revulsion.
>
> 你若喜欢黑皮肤的人，那么白皮肤的看上去就没啥重要的。
>
> 如果别人都害怕你的指定助手，那么在你去密会他的家庭派对上美女们都尤其地和蔼可亲。
>
> 傻笑有时比应答要好。
>
> 扬起脑袋，闭上眼睛，准备展示你的性感而隐藏反感。

或收到的指令和受到的训诫：

> You will be infiltrating the lives of criminals.
>
> You will be in constant danger.
>
> Some of you will not survive, but those who do will be heroes.
>
> A few of you will save lives and even change the course of history.
>
> We ask of you an impossible combination of traits: ironclad scruples and a willingness to violate them;
>
> An abiding love for your country and a willingness to consort with individuals who are working actively to destroy it;
>
> The instincts and intuition of experts, and the blank records and true freshness of in-

① Bronwen Thomas. 140 Characters in Search of a Story: Twitterfiction as an Emerging Narrative Form[M]//Alice Bell. Analyzing Digital Fiction. New York: Routledge, 2014:110.

② Bronwen Thomas. 140 Characters in Search of a Story: Twitterfiction as an Emerging Narrative Form[M]//Alice Bell. Analyzing Digital Fiction. New York: Routledge, 2014:111.

③ Jennifer Egan. Black Box. [DB/OL].The New Yorker. (2012-06-04) [2016-11-2]. http://www.newyorker.com/magazine/2012/06/04/black-box-2.

④ 图见：http://www.newyorker.com/magazine/2012/06/04/black-box-2

génues.

You will each perform this service only once, after which you will return to your lives.

We cannot promise that your lives will be exactly the same when you go back to them.

你要渗透罪犯的生活。

你会危险不断。

你们中的一些无法幸存,但活下来的就将是英雄。

你们中的几个将去拯救生命,甚至改写历史。

我们要求你具有不可能的组合特征:无法改变的踌躇和违背它们的意愿。

永远爱你的国家,同时愿与那些积极毁灭它的个体为伴。

专业人士的本能与直觉、空白记录和真实新鲜的朴实无华。

你们每人只能执行一次任务,之后返回自己的生活。

我不能保证你回去的时候,生活还一模一样。

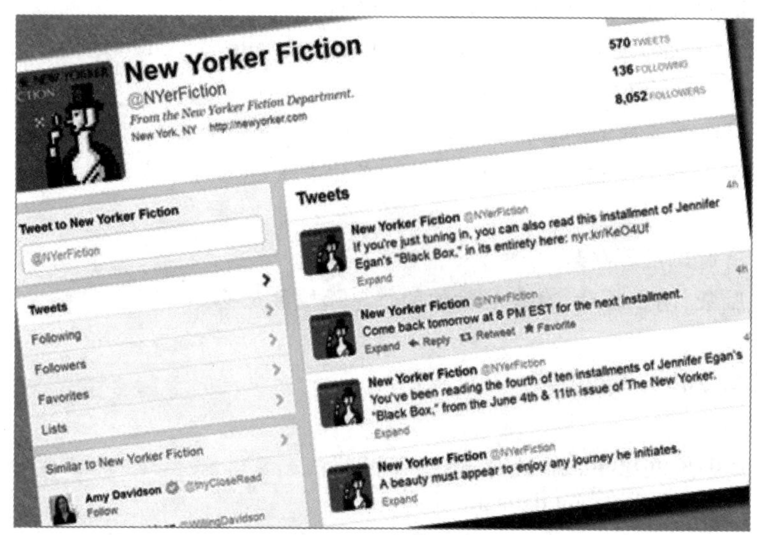

图 5-5 《纽约客》小说的 Twitter 界面

对于那些熟悉博客和其他分散式叙事的用户而言,跟踪分散于时间、空间和不同媒体的叙事并不新鲜。Twitter 连载的语境提供给用户某种与口头叙事的听众相似的经历,如“口头讲述的技巧和文体特征,尤其是它的离题、强调‘值得说的’和主人公的行动,以及故事讲述者和他的观众间‘实时’互动的可能性”。[①] 沃特・昂(Walter Ong)用“二度口语”(secondary orality)[②] 来描述口头交流被书写和印刷技术所调和的情况。古代吟游诗人在讲述时是受记忆指引,无需依照严格的时间顺序来展开情节,因而口语文化的特征是片段和插入式的松散结构,它被后来书面文化中由众多情节铺陈,而后走向高潮的线性发展所取代。在 Twitter 上,媒体技术的功能可见性(affordance)重新创造了口头讲述故事的效果,用户之间

① Bronwen Thomas. 140 Characters in Search of a Story: Twitterfiction as an Emerging Narrative Form[M]//Alice Bell. Analyzing Digital Fiction. New York: Routledge, 2014:111.

② Walter J Ong. Orality and Literacy: The Technologizing of the Word[M]. New York: Routledge, 1988:3.

实际上存在距离，不能够依赖当参与者在物理距离上相互接近时才有的可听和可见符号。[①]詹妮弗·伊根的故事内容设计和 Twitter 逐条发文的形式非常契合。“黑盒子”多用第二人称来叙述，看似是她被告知的内容，但当读者看到手机（或电脑等移动设备）上显示“You ...”、“You should ...”、“You’ll ...”等字眼时，仿佛是作家对读者发出的命令、传授的经验和进行的训导，这种感觉有可能在一段时间内占据了他们的生活，加强了“此刻”（nowness）感。

此外，这篇置于 Twitter 语境中的小说挑战了顺序、因果、结构化、焦点、线性等传统叙事的概念。“黑盒子”的“头、身、尾”并不明显，即使用户没有从一开始关注，对获取故事内容也不会有太大的影响。因为如例句所示，故事是由一条条指令、经验、观察、思考、总结的电报式语言构成的，它们之间没有必然的时间、因果、从属等逻辑关系，内容没有明显的起落。所以，即便有些读者从头至尾关注“黑盒子”，有些读者因为别人的转推或其它原因从中间才开始关注，甚至，像所有移动设备上的时间轴排列那样，后来的消息总是排在最前面，顺序完全颠倒了。还有一种情况：读者因为选择了关注其他 Twitter 的内容而使得他的时间轴上不断地插入了其他推文，因而这个故事被四分五裂地割开了。每一种情况之下的阅读都赋予这个故事独特的意义。伊赛尔（Walfgang Iser）说过，阅读不仅仅是一场“意义被发现后就结束的游戏”，它还是一次探索，是受偶然性，而非受确定性和可预见性驱使和嬉戏的。[②]在早期著作中，伊赛尔还提出，现代文本往往是支离破碎的，以至于读者的注意力完全被寻找联系所占据。当文本作为一种活生生的事件展开时，读者会对已读过的内容不断回忆、修正和重新建构。这一观点尤其适用于理解 Twitter 提供给用户的特殊经历，以及它为讲故事的目的做出调整的方式。

3.《Twitter 文学》

在跨媒体故事讲述的时代，Twitter 叙事不仅依赖而且回应了其他媒体叙事。重述和揶揄组成了 Twitter 活动的主要部分，许多推文作者都将现成材料，尤其是已存在的故事改编来适应于这种感染力极强的交流形式。比如，有人以 Twitter 的形式重讲《圣经》（@Tweet The Exodus），而@Middle Earth-Days 不断为关注者更新“中土世界今天”正在发生的事情，与托尔金的《指环王三部曲》在时间轴上相吻合。

2009 年企鹅出版社（Penguin Books）推出了芝加哥大学两名“90 后”大学生艾克曼（Alexander Aciman）和蓝森（Emmett Rensin）的作品《Twitter 文学：Twitter 中的世界最伟大图书》（*Twitterature：The World’ s Greatest Books Retold through Twitter*），获得了极大的成功。这二人组站在主角（们）的立场上用约 2800 字（以每篇 20 条推文，每推不超过 140 字计算）重写了从《老人与海》到罗马史诗《埃涅伊德》到漫画小说《守护者》。现代社会的人多半认为文学名著深奥难懂、拒人千里，甚至枯燥无趣。这并不是因为作品的人物有问题，也不是缺乏技巧性的处理，而是因为这些大部头作品在当今的社会文化语境中已经过时了。“除了大学生和隐士以外，有多少人能指望穿越混沌去理解它们呢？”[③]在该书的“简介”中作者对

① Bronwen Thomas. 140 Characters in Search of a Story：Twitterfiction as an Emerging Narrative Form[M]//Alice Bell. Analyzing Digital Fiction. New York：Routledge，2014：111.

② Walfgang Iser. The Fictive and the Imaginary：Charting Literary Anthropology[M]. Baltimore：Johns Hopkins University Press，1993：276.

③ Alexander Aciman，Emmett Rensin. Twitterature：The World’s Greatest Books Retold through Twitter[M]. New York：Penguin Books. 2009：11.

自己做了如下评述：

> 我们对世界名著进行再造以适应现代人不断进化的大脑也许会被有些人描述为“浅薄”“低劣模仿”或“糟糕透了”，但是我们更喜欢把自己称作现今社会的马丁·路德。路德先生明白经典的拉丁文《圣经》已不再能够与他同时代的人对话了，所以他将《圣经》翻译成他那个时代的语言。由此，路德掀起了一场16世纪的欧洲前所未有，并且自此也无人匹敌的信念与读写的革命。我们希望在我们的时代，以我们的方式做同样的事情。①

文学经典的价值不在于那数以亿万计的字码，而是在于它提供的对于人性的原始洞察力。《Twitter 文学》将名著最基本的要素提炼到了最纯粹的社交网络工具 Twitter 里，“在即时出版、短时聚焦、全程数字化、自持高傲的信息泛滥时代，读者不用花费大量时间就能领悟名著强劲的声音、宝贵的经验和文体的革新。……把可怜的哈姆雷特从16世纪刻板的文学束缚中解放出来，使他成为一个活生生，但却不失一丝学识、帅气、才智或忧郁的年轻人”。②在140字符的限制里用最少的语言表达最丰富的情感是这种文学形式的宗旨。

首先它使用了一定数量的网络用语，尤其是缩略语。比如：

① wTis Pandemonium down here. Would ROFL but itws very hot.（*Paradise Lost*）（18）

② BFF Gatsby and I going to town today—should be fun!（*Greatsby*）（40）

③ LOL，her name is Bertha. I guess we know who was starting all those fires now though. *Jane Eyre*）（157）

ROFL 意为 rolling on the floor laughing，爆笑；BFF 意为 best friend forever，最好朋友；LOL 则为 laugh out loud，大声笑。除此以外，数字符号“@”也被物尽其用，如：

④ @PeopleofDenmark：Don't worry. Fortinbras will take care of thee. Peace.

（@ PeopleofDenmark：无须担心。福丁布拉斯将照管你们。和平。）（*Hamlet*）（45）

⑤ We set out. Follow @starbuck，@queequeg for long introspective soliloquies on the human soul. Or @tashtego if you like adorable kittens.

（我们出发了。关于人类灵魂的反思式独白请关注@starbuck，@queequeg。如果喜欢可爱的猫咪请关注@tashtego。）（*Moby Dick*）（170）

与一切即时聊天中“@”的用法一样，句④中的“@ PeopleofDenmark”表示说话或告知的对象，用在《哈姆雷特》推文中的结尾，以喊话的方式告知丹麦民众，国王克劳蒂斯、哈姆雷特等人死后，为了挪威与丹麦百姓免受战乱之苦，哈姆雷特决定让福丁布拉斯继承他的王位。与此用法不同的是，句⑤“@ +用户名”表示 Twitter 账号，Twitter 作者虚构了《白鲸》中主要人物斯达巴克、奎奎格和塔石泰格的账号，以幽默而简短的方式表明他们有各自的性格特征，比如爱“反思”、爱“猫咪”，但因篇幅的缘故无法详述，读者若想深入了解，只能去“关注”他们的个人 Twitter 了。

---

① Alexander Aciman，Emmett Rensin. Twitterature：The World's Greatest Books Retold through Twitter[M]. New York：Penguin Books. 2009：11.

② Alexander Aciman，Emmett Rensin. Twitterature：The World's Greatest Books Retold through Twitter[M]. New York：Penguin Books. 2009：12.

第二,运用借代,巧妙地利用人物之间的种种相关性形成语言上的换名,引人联想,达到了形象突出、具体生动的效果。比如《简·爱》的几条推文:

⑥ I wish my parents had died impressively. Like Harry Potter; that kid was got one hell of an orphan story.

(我希望自己爹娘也死得轰轰烈烈。像哈利·波特;那孩子有一个震撼人心的孤儿故事。)(156)

⑦ My aunt is sending me to a crap boarding school. It was like the ones you see in commercials for Save the Children on the History Channel.

(我姑妈送我去了一个糟糕透顶的寄宿学校。它就像你在历史频道看到的“拯救儿童”宣传片那样。)(156)

⑧ Just got offered a job as a governess for a caddy single dad who needs to change womanizing ways. This would make a great Hugh Grant flick.

(我得到了一份家庭教师的工作,雇主是位多金的、决心不再沉溺于女色的单身父亲。这将是一部伟大的休·格兰特电影。)(156)

这些话语在很大程度上“越界”了,明显地是从当代文化的视角来反观维多利亚时期的事件。哈利·波特的形象早已风靡世界,深入人心。他与简·爱同样是孤儿,从小寄养在亲戚家而受尽欺侮,但与简不同的是,他的父母都是伟大的魔法师,在斗魔战斗中双双献身,因而“死得轰轰烈烈”。两相对比,更加衬托出简的卑微与渺小。简的孤儿院环境之简陋也不能或无需赘述,只要回忆一下电视中“拯救儿童”的宣传片所描述的孤儿、弃儿、难民儿童之生存状态便已对此了然于心了。再说罗切斯特,原文用“a caddy single dad”来形容他,“caddy”是凯迪拉克汽车的意思,但如若翻译成“开着凯迪拉克的单身父亲”显然是个时代错误,但不难看出他的富有。并且他是“休·格兰特电影”式的人物——英国著名演员休·格兰特主演的《四次婚礼一次葬礼》《诺丁山》《BJ 单身日记》刻画了这样一种男性形象:高雅的贵族身份、忧郁的气质、风流成性的坏情人等。除了格兰特的英俊,其他的大抵都符合罗切斯特的人物定位。再比如《俄狄浦斯王》中有一条推文:“底比斯的派对啊!!!! 没人在意我杀了那个老花花公子,加上这女人令我倾倒! 整个一熟女。”“熟女”原文为“MILF”,因 1999 年的好莱坞影片《美国派》(*American Pie*)而闻名并在互联网上广为使用,意为“mother I'd like to fuck”,指性感成熟的中年女性,或“熟女”。埋藏在俄狄浦斯潜意识深处的弑父与恋母情结、母亲与情人形象的合二为一的魅力被这个简短的句子表现出来了。还有,在《白鲸》中的推文:“我说‘游戏结束’了是指除我以外的所有人都死了。我趴在原本是奎奎格的棺材上漂浮着。像我说过的,讽刺啊。”在单机和街机游戏时代,没有比屏幕上的“game over”能更好诠释游戏意义的了,游戏不仅“结束”了,而且“失败”了。游戏中的“命”是短暂的,一旦游戏开始,死亡则不可避免。Ahab 船长对 Moby Dick 的追逐何尝不是疯狂的游戏呢? 一条条生命为这场追逐耗尽了,直至船毁人亡,曲终人散。

有些作者与出版商签约出版推文小说,但最终却发现将 Twitter 上的经历全部搬家至另外的媒体绝非易事。让推文去适应印刷纸张的要求,去掉了最具辨识度的 Twitter 界面,将推文呈现为线性、时间顺序流的模样,看上去似短小的警句式段落,剥离了任何“现场”和动态感。但必须要注意到的是, Twitter 作为一种当下流行的、特殊的叙事手段对文学文本,尤其是经典文学所产生的影响。经典文学在 Twitter 上的重现更多地应从积极的方面考虑,即那些殿堂级的人类情感的凝缩文本并没有被数字化时代读图式、快餐式、猎奇式的阅读理念所吞噬,而是适时地调整并适应了新媒体的传播方式,虽不一定能确保其原汁原味,但主要内容、人物、主题并没有被损毁;并且,“90 后”一代的“数字原住民”对这些人物和事件的观点和表达方式也充分地展现在这本《Twitter 文学》中。时过境迁,文学经典也不应只存在于象牙塔中,任世易时移,“我自岿然不动”,而是要建立一套以读者(用户)为中心的创作思路,注重作品的可看性或可读性。

三、谷歌雕塑与 Flarf 诗歌

帕洛夫指出:“21 世纪诗人都在经历的问题。媒体世界制造了一种气氛,人们感到任何他们想说的话都被别人说过了,独特的私人情感的表露似乎是无由头的,因此话语的原创性是不可能的。”① 另一方面,自 20 世纪末国际贸易的自由化和全球化以来,“产品”“商品”“消费品”等“物”的概念发生了改变。在杜尚的时代,消费品仍然是典型、具体的日常用品,是可视的物理存在。而今不仅出现了更加多样化的耐用和非耐用品,而且还出现了虚拟的,以数字形式存在的信息、媒体、劳动力和服务。艺术家势必要与软件平台、在线游戏、web 界面、搜索引擎、社交媒体等特殊类型的材料打交道。对全球媒体文化有趣且迂回的挪用也出现了。

1. 从“谷歌雕刻”到 Flarf 诗歌

埃里克·戈德达德-斯科维尔(Eric Goddar- Scovel)在普渡大学(Purdue)教授新媒体写作课程时,给他的学生做了如下练习:

> 在文字处理程序中打开一个新文档,然后打开 web 浏览器。使用 K. Silem Mohammad 在你的课程包中的两首诗作为例子,在谷歌搜索栏中输入一个短语(或多个短语)或几个搜索词*。现在看看每个搜索结果的摘录(每个链接下面的文本),从中复制单词或短语,并将它们粘贴到 word 处理器中打开的文档中。您将继续以这种方式,直到您有一个相当长的列表(至少一页左右)来选择短语。
>
> 最后,从这些短语中雕刻出一首诗,改变你的任何愿望,使它合在一起(或者如果你喜欢,保持它们的离散)。寻找你使用的搜索词的主题和多重含义。试着创造一些奇怪的、有趣的或严肃的故事和陈述。试着在你雕刻的诗中找到一个音调或声音,要么来自你自己,要么来自你选择的搜索结果中的声音。一旦你觉得你已经完成了这首诗,保存你的文件。如果你喜欢,你可以重新开始,扩展不同的主题或想法,或者做任何你觉得需要做的事情,让它成为你喜欢并愿意与他人分享的东西。
>
> 这个过程是非常灵活的,所以如果你想要更多的材料,你可以随意打开搜索结果页面,在你的短语列表中改变搜索词,或者甚至放弃你开始的东西,去做一些更有趣的事情。诗的形式完全取决于你和你对诗的风格和内容的需要。享受写作的乐趣,享受写作的过程。这一点的重要性怎么强调都不过分。如果你从中得到了一些有意义的东

---

① Marjorie Perloff. Poetics in a New Key: Interviews and Essays[M]. Chicago and London: The University of Chicago Press, 2015:176.

西，别人很可能也会这样做。*注：术语之间的差异越大，得到的结果应该越不同。①

这种使用谷歌来提供诗歌素材的做法被委婉地称为“谷歌雕刻”（Google sculpting）。斯坦福大学、加州大学圣克鲁斯分校教授文学和诗歌的诗人穆罕默德（K. Silem Mohammad）的《鹿头之国》（*Deer Head Nation*）（Tougher Disguises Press，2003），德鲁·加德纳（Drew Gardner）的《石油帽》（*Petroleum Hat*）（Roof Books，2005）都使用了将拼贴的谷歌搜索结果与单词替换和其他过程相结合的手法。

如此创作的最终结果是诗歌还是拼贴呢？罗伯特·菲特曼（Robert Fitterman）在他的《身份盗用》（Identity Theft）一书中是这样分析的：

> 我们在诗歌世界里都听过很多次这句话，掠夺文本并不是什么新鲜事——我们在拼贴画，现成文本，甚至现成品艺术中都有例子。首先，需要注意的一个重要的区别是，在今天挪用文本的实践中，物质性，现成的资源，通常是在大的、未经修改的文本块——一段，一页，甚至整本书中被强化。这些新的现成材料在新的语境中呈现出新的含义和新的社会冒犯。
>
> 策略是重新定义已经存在于新的语境中的作品，赋予它们新的意义。这个区别更接近于现成的和拼贴的。拼贴通过艺术家的手艺将适当的材料组合在一起，形成艺术家创造的独特表达。……
>
> ……现在的诗人似乎能够接触到每个人的感情和任何历史时刻思想的语言。这可能类似于1960年前后波普艺术家从电视提供的新图像词汇中获益的情形。②

相比“谷歌雕刻”而言，“Flarf”是一个更加包罗万象的术语，指任何使用谷歌或其他搜索引擎获取素材的诗歌创作。这个词是由诗人加里·沙利文（Gary Sullivan）创造的。维基百科给出了如下的定义：

> Flarf诗歌是20世纪末到21世纪初的一场先锋派诗歌运动。它的第一批实践者使用了一种美学，致力于探索“不恰当”的所有伪装。他们的方法是用奇怪的搜索词来挖掘互联网，然后将结果提炼成通常令人捧腹，有时又不安的诗歌、戏剧和其他文本。

Flarf通常以传统的诗歌框架来归置它挪用来的语言。以穆罕默德（K. Silem Mohammad）的《十四行诗易位构词诗》（*Sonnagrams*）为例。易位构词法（anagram）指将一个意义组合（词、短语或句子）打乱顺序后重新组合而成新的表达，比如“I, rearrangement servant”可以重组为“internet anagram server”——它们有相同的字母和字母个数，都能形成有实际意义的意群。穆罕默德将莎士比亚的一首十四行诗输入互联网的易位构词引擎（anagram engine）中，生成十四行文本，这些文本在字母的数量上与莎士比亚的诗相当，然后重新调整这段文字，直到出现一个新的五步抑扬格的十四行诗，而所有剩下的字母都用来组成标题。

① Eric Goddard-Scovel, “Teaching Google Sculpting at Purdue”, what light already light, 20 February 2009.

② Robert Fitterman, Identity Theft, in Rob the Plagiarist, NY: Roof, 2000, pp.12-15.

以下是根据 Sonnet 3 “Look in thy glass, and tell the face thou viewest” 生成的诗题和第一个诗节：

“Oh, We Be Few, Oh, We Be Few,” She Huffed
Go softly to the Disneyland Hotel,
Its simulacral threshold grown sublime:
The bedrooms all emit that new car smell,
Like nothing else in bourgie Anaheim.

再以诗人德根泰什(Katie Degentesh)的“没人关心你怎么了”(no One Cares Much What Happens to You)的三个诗节为例：

when Serbs get mad, they talk
about a small town like Grace
Stop laughing; I'm serious
Grace is all I can afford on my nursing home wages
I pity her for the thankless job of building
A nation of Americans conceived in petri dishes.

标题取自“明尼苏达多相人格量表”(MMPI)测试,部分测试内容被输入互联网搜索引擎,并从结果页面中截取并拼贴出诗歌,比如诗的第一句是这样得来的：

~~No one cares much about~~ angering the Serbs; when Serbs get mad, they talk about “human rights” and “European integrations.” When Albanians get mad, ...

再以沙利文(Rachael Sullivan)2012 年创作的一首长诗“蓝色深渊”(Blue Depths)的开头为例：

“The child was never found”
Do you remember where you were on that January night when blue lights and a girl in a long white dress made history?
Do you remember the family gathered there
pulling the dirt from the sides of the well- meaning road?
Did you watch their boots kick up Scoutmaster Randy Deavers
as they bounced across the lunar surface?
What a magical leap it was.
Legend has it that the cry of a baby
consisted of a number of joined panels
fitted and gored from Wylie, Texas to Twin Falls, Idaho.
Legend has it that a dancing blue light

gave the figure shape through seaming.
You know, there's always something
about history swinging like a pendulum.
"再也没有找到的孩子"
你还记得那个一月的夜晚，蓝灯和一个穿白色长裙的女孩创造了历史，你在哪里？
你还记得那家人聚集在那里，从善意的道路两旁拉泥土吗？
你有没有看到他们的球鞋在月球表面弹跳的时候踢到了童子军队长兰迪·迪弗斯？这是多么神奇的飞跃啊。
传说婴儿的哭声是由许多连接在一起的嵌板组成的，
从得克萨斯州的怀利到特温福尔斯再到爱达荷。
传说是一束舞动的蓝光
缝合形成了这个图形。
你知道，历史总是
像钟摆一样摆动。

这首长诗采用了一个 flarf 的公式，排除了传统语言模式，除标题（The child was never found）之外的每一个单词都起源于万维网或其他互联网场所，通过搜索引擎查询而得。沙利文改变了拼写和标点符号，并将原始材料整理和组合成类似自由诗的形式。我们在一个反馈循环的系统或网络中运行，从中生成某种状态（诗歌）作为公共数据库的界面。在另一些情况下，作者只不过是在不断扩大的语言海洋中进行反哺，然后捕食，他们都在这个海洋中游泳，与其说是逆流而上，不如说是随波逐流，因为他们早已弃船多时了。任何"互联网的"文本要求的不仅仅是解读，它也至少意味着，也许是激发着再循环和再参与。在某种程度上，这无疑是在断言巴特的"可写性文本"（texte scriptible）的概念。至关重要的是，网络诗歌也是一种更多的东西——我们可以称之为"可转录文本"（texte transcriptible）——准确地讲，因为它是一种更少的东西，在过程中只有一种状态或唤起的界面。它不是对其程序的简单和最后的总结。它是静态文本，但是如果没有某些依赖项和机制，文本是不可想象的。在这种情况下，网络搜索，一系列的链接，文本的收集，最终是一首诗。这首诗是静态的，但暗示了一个活跃的界面。它总是不完整的。如果没有数据库，界面就毫无用处，即使在组装时，这个系统本身也是未完成的。

与"谷歌雕塑"一样 Flarf 诗歌的创作方法受到了很多诟病，比如，霍伊（Dan Hoy）认为它是"精英集团之间的一个笑话"，是"诗人花太多时间在互联网上胡闹"的结果，

> Flarf 被描述为 21 世纪第一个被认可的运动，是精英集团之间的一个笑话，是一种营销策略，是阅读创意性写作的一种新方式。写 flarf 的行为被描述为通过网络与文化合作，是一种帝国主义或殖民主义的姿态，是一种未经检验的自我向他人的投射，是对自我或本我的有意识抹杀。个别成员被描述为才华横溢、懒惰和自鸣得意，是讽刺家、伪君子和晚成的达达主义者。[①]

① Gary Sullivan, "Jacket Flarf feature: Introduction", Jacket 30?

与达达派选择自己名字的方式很相似，这种形式的诗歌真的可以被附以任何名称，很可能被认为继承了达达主义传统，因为它们显然对建制嗤之以鼻。达达主义并没有持续很长时间（基本上从 1916 年到 1922 年），它被超现实主义所取代，直到今天。Flarf 并没有改变它的名字，但它似乎已经长大了。一开始可能是一群博览群书的诗人在嬉戏，但一个人长时间地做就会无聊，所以是什么在维系它，并且持续在增长呢？不能否认 Flarf 是诗歌创作在数字文化生态圈中的一种适应性调整。一方面，剪切、复制和粘贴技术支持的高效的信息交换功能使得人们能够轻易地获取材料，创造出一种前所未有的采样文化；另一方面，使用谷歌搜索结果作为诗歌的原材料是因为谷歌在很大程度上反映了我们所处社会的现实。搜索词不正代表了民众关注和想了解的问题吗？Flarf 拦截了一部分互联网内容，而这些内容正是对当今社会生活的反射。

歌德史密斯的“非创意写作”（uncreative writing）和帕洛夫的“非原创天才”（unoriginal genius）更是在理论上支持 Flarf 创作。帕洛夫认为，由于科技和互联网带来的变化，认为天才是浪漫、孤立的人物的观念已经过时了，当下天才的概念必须围绕着一种对信息及其传播的掌握。比起一个饱受折磨的天才，今天的作者更像一个程序员，聪明地概念化、构建、执行和维护一台书写机器。[①] 歌德史密斯也认为，互联网如洪水般的文字倾泻使作者不再是一个孤立的、努力原创作品的形象。新作家传递信息，而不是主要依靠自己的创意能力；他要像人们在社交媒体上做的那样，重新输入、重做、存档、组装、剪切、粘贴，转运碎片的写作和块状的文本。[②]

2. Flarf 与概念写作

“概念写作（conceptual writing）是对 21 世纪早期的一套混杂的异质写作实践的总称，这些写作实践反映了网络数字环境对创作过程、作者身份的社会功能和出版经济的影响。”[③] 概念写作并不是一种正式的运动或流派。在很大程度上，由于玛乔瑞・帕洛夫的评论文章，这个词最常与肯尼斯・戈德史密斯（Kenneth Goldsmith）的作品联系在一起。

戈德史密斯是美国著名诗人和评论家。无论被主流学界接受与否，他都是 21 世纪先锋诗坛的风云人物：2011 年他受邀在白宫为美国前总统奥巴马朗诵了作品《交通》；2013 年他成为第一位“美国桂冠诗人”。

戈德史密斯是“概念写作”的代言人，他在为美国诗歌基金会（Poetry Foundation of America）撰写的宣言中写道：

> 概念写作固执地不要求原创性。相反，它故意采用自我的隐晦策略，以无创造性、无原创性、难以辨认、盗用、剽窃、欺诈、盗窃和伪造为它的训词；以信息管理、文字处理、数据处理、极限过程为它的方法论；还有无聊……作为其精神。[④]

① Perloff, Marjorie. Unoriginal Genius: Poetry by Other Means in the New Century[M]. Chicago: University of Chicago Press, 2010:17.

② Goldsmith, Kenneth. Uncreative Writing: Managing Language in the Digital Age[M]. NY: Columbia University Press, 2011: introduction.

③ Ryan, Marie- Laure, et al. The Johns Hopkins Guide to Digital Media[M]. Baltimore: Johns Hopkins University Press, 2014:104.

④ Perloff, Marjorie. Unoriginal Genius: Poetry by Other Means in the New Century[M]. Chicago: University of Chicago Press, 2010:147.

在将他的实践形成“概念”之前,戈德史密斯尝试过将他的作品描述为“缺乏创造力”“缺乏营养”和“乏味的”,并将其与各种流行和新先锋艺术家(尤其是约翰·凯奇、杰克逊·麦克·洛、迪克·希金斯和安迪·沃霍尔)联系起来。概念写作与 Flarf 和其他当代写作实践有很强的联系。与概念写作相同的是, Flarf 写作通常涉及将基于约束机制的挪用应用于数字媒体;在 Flarf 中,这通常涉及在谷歌搜索结果中挖掘不合适的、笨拙的、淫秽的或其他非文学的文本。而不同的是, Flarf 通常以传统的诗歌框架来归置它挪用来的语言(如,穆罕默德 Sonnagrams 中的十四行诗)。正如布斯蒂芬(Brian Kim Stefans)所指出的,“Flarf 的成功举措其实是‘好的诗歌’,而概念写作的……成功保证则是概念的深度——它在多大程度上与‘我们所知的文学’形成反差”(2009)。概念写作关注的是文学通常忽略的“信息类型”的形式要素(例如,新闻广播、法律文件、科学论文),而 Flarf 的兴趣在于发现诗歌的新主题。

作为深受网络与数字时代浸染的,在概念写作和互联网写作上都追求出奇制胜的创作者,戈德史密斯对二者的异同应该更有发言权。他的结论是: Flarf 是狄俄尼索斯。概念写作是阿波罗。

> 弄明白。分裂已逝。过去一百年来统治诗歌的碎片化(fragment)已经离开了这座建筑。主体性、情感、身体和欲望,规范的句法的简明英语的整体单位表达又回来了,但不是以你想象的方式。这首新诗流露出真诚……然而,没有人真正理解它。仔细想想,没有人真正写过一个字。它被抓取、剪切、粘贴、处理、加工、打磨、压平、重新利用、照搬、重新组合,从大量的自由漂浮的语言中被重新构造出来,而这些语言只是乞求被转化成诗歌。当你可以囤积、储存、模压、挤压、铲挖、擦洗、打包,然后敲击键盘把这些东西塞进语言和文字的城堡里,为什么要把语言原子化、粉碎、分散成无意义的碎片呢?破坏它是多么有趣:把它击倒,点击删除,然后重新开始。有一种暴饮暴食的、快乐的、愉悦的感觉。就像孩子们坐在可触碰的桌子旁一样,我们很高兴能再次感受到语言,能在其中翻滚,把双手弄脏。有这么多可用的语言,有人真的需要写更多吗?相反,让我们只处理现存的东西吧。语言是物件;语言是材料。你说段落还重要吗。①

在艺术世界中,自现代主义出现以来,主流一直是先锋,但与此不同的是,诗歌中仍然存在着两股独立的潮流:主流和先锋,分歧也很大。诗歌的主流是显而易见的,戈德史密斯说,“每次你拿起《纽约客》(*The New Yorker*),看到诗歌和漫画依偎在一起,那就是主流诗歌;每个星期天,当你仔细阅读《纽约时报书评》,看看有哪些诗歌被评论,那就是主流诗歌”。他还说,基森(Brion Gysin)在 1959 年说过:诗歌比绘画落后了 50 年。或曰,诗歌的批判性接受比绘画晚了 50 年。一直以来,诗歌都在探索和扩展,就像在艺术中一样,充满了冒险精神,只是你从来没有见过罢了。美国诗歌中的先锋派已经被边缘化到看不见的地步,但这并不意味着它没有被写出来。冒险诗歌在美国不失生机而且发展良好。然而,由于语言不能脱离它的语义内容,这种写作包含了一种与 20 世纪所称的“困难”截然不同的困难。这项工作常常带有强烈的政治色彩、明显的性倾向、道德上的麻烦和社会上的问题。它被认为是

① Kenneth Goldsmith. Flarf is Dionysus. Conceptual Writing is Apollo--An introduction to the 21st Century's most controversial poetry movements[EB/OL].[2009-07-01]. https: //www.poetryfoundation.org/poetrymagazine/articles/69 328/flarf-is-dionysus-conceptual-writing-is-apollo.

浪费纸张，被认为是骗人的把戏。然而，作者们经常表示同意：他们对自己表达的情感感到厌恶，并对自己会“写”这样的胡言乱语感到厌恶。当机器掌握了控制权，我们被动地——而且愉快地——默许。

沉浸式的数字环境要求作者做出新的回应。成为互联网时代的诗人意味着什么？Flarf和概念写作这两个运动都是在过去几年里形成的，是对这一目标的直接调查研究。尽管它们各不相同，但令人惊讶的是，它们提出了一套相似的解决方案。首先，身份是可以争取的。既然你可以用别人的话来表达自己，为什么还要用自己的话呢？如果你的身份不是你自己的，那么你也必须抛弃真诚。物质性也很重要：词的数量似乎比它们的意义对一首诗的影响更大。一次性、流动性和回收利用：这些词并不意味着永远。今天他们被粘在一个页面上，但明天他们可能会重新成为一个 Facebook 表情包。这些策略融合了 20 世纪的先锋派的冲动与现代科技，为 21 世纪诗歌提供了一个广阔的领域。这种新的写作并不仅仅局限于一本书的几页之间；它不断地变化，从印刷页面到网页，从画廊空间到科学实验室，从诗歌朗诵的社会空间到博客的社交空间。它是一种流动的诗学，颂扬不稳定和不确定。

然而，尽管这两个运动有很多共同点，它们却非常不同。与概念写作不同的是，在概念写作中，过程可能与形式和内容一样与意义有关，而 Flarf 则是准过程性和即席性的。许多诗歌是根据互联网搜索结果“雕刻”而成的，经常使用诗人从其他诗人贴在 Flarflist 电子邮件列表上的诗中收集来的单词和短语。相反，概念作家试图模仿机器的运作和过程，认为如果诗意机器的概念和执行良好，结果将是好的；不能容忍即兴或自发性。

Flarf 扮演狄俄尼索斯，和概念写作的阿波罗相对。Flarf 使用传统的诗歌修辞（“品味”和“主观性”）和形式（诗节和诗句）来彻底颠覆这些传统。概念写作很少像诗歌一样，它用自己的主观性来构建一个语言机器，让词汇可以被注入其中；它不关心结果。Flarf 非常搞笑，而概念写作是枯燥的。戈德史密斯是这样形容的：“Flarf 是兰雷奶制品上的黄油小妞，概念写作则是盒子上政府的营养标签。Flarf 是拉里 • 里弗斯（Larry Rivers），概念写作是安迪 • 沃霍尔（Andy Warhol）的作品。它们是同一枚硬币的两面。选择你的毒药，拥抱你罪恶的快乐。”①

3. 互联网语境下对“创新”的再认识

法国作家拉布吕耶尔（Jean de La Bruyère）在他《品格论》（*Caractères*）（1688）的开篇简明扼要地指出，文学研究中有一种忧郁的怀疑，“一切都说过了，在人类生活和思考了七千多年之后，我们来得太晚了”。② 如今，这种怀疑更加顽固，因为谷歌提醒我们，大约 173.9 万个网站和 6.6 万本书共享相同的单词排列，人们越来越难以相信自己写的任何东西都是完全原创的。这似乎更加说明了“非创意写作”和“非原创天才”存在的必然性和合理性。

第一，正如哈罗德 • 布鲁姆（Harold Bioom）“迟到”的“焦虑”所示：前辈诗人早已将“灵感”使用殆尽，晚辈诗人需在经典的夹缝中努力发掘，得以生存。这还说明，艺术史上具有里程碑地位的作品在相当程度上是由于它们的“先动优势”（pioneer advantage）——先进入

① Kenneth Goldsmith. Flarf is Dionysus. Conceptual Writing is Apollo--An introduction to the 21st Century’s most controversial poetry movements[EB/OL].[2009-07-01]. https：//www.poetryfoundation.org/poetrymagazine/articles/69 328/flarf-is-dionysus-conceptual-writing-is-apollo.

② Paris，Václav. Poetry in the Age of Digital Reproduction：Marjorie Perloff ’s Unoriginal Genius，and Charles Bernstein’s Attack of the Difficult Poems[J]. Journal of Modern Literature. 2012，35：183-199.

市场者相比后进入者能够抢先开发市场。杜尚是否用自己的双手创造了《泉》并不重要,重要的是他选择了它,把它放在一个新的标题和观点下,使它作为日常用品的意义消失了。似乎任何人都能够做杜尚、凯奇、戈德史密斯所做的事情,但关键是他们率先做了。

第二,“创新”并非只是“无中生有”。美国语言诗派的先驱查尔斯·伯恩斯坦(Charles Bernstein)在《难诗之攻》(*Attack of the Difficult Poems*)中指出,虽然“创新、新的、独创性和原创性”能够“打破我们周围看到的令人窒息的强迫性重复”①,但创新不应是线性发展,而是要回到过去,然后放眼未来。他写道:“诗歌没有改进,新诗的模式也没有取代现有的诗歌模式;事实上,新的可能会重新发挥以前的,甚至明显过时的风格、形式、内容和措辞”②。现成品艺术家重新解释和评估先在作品的现状以探索其可然性。在他们看来,诗歌作品没有单一的原创,只有一系列的再语境化,也就是说,写作本身就是一种转化和转换,编织和重纺,安置和移位,抄写和删节。

第三,重新定义存在于新语境中的作品,赋予它们新的意义。上述激进的艺术和诗学实践中,现成材料在新的语境中呈现出新的含义和新的社会冒犯。一个作者如何选择、如何将这些选择概念化决定了一首诗的成功与否。对于诗人来说,这是一种新的韵律,一种思考我们如何写作和阅读的新方式。斯坦福大学著名的法学教授莱斯格(Lawrence Lessig)界定了两种文化:“读/写”(read/write)与“只读”(read- only)。只读文化关注仅供消费的文化产品;而读/写文化的特点是“普通公民”阅读他们的文化,然后通过创造和再创造他们周围的文化来充实他们所阅读的文化。③ 只读文化关注的是消费,而读/写文化关注的是创造力。简单地强调一种文化,令一种文化合法化(比如现行的版权法就是在只读文化的基础上建立起来的)都会损害创造性和文化利益。因而只有两者并存的混合文化模式才能保持诗歌,乃至文学和文化在未来持续创新的活力和动力。

结语

数字文学对软、硬件,尤其是载体的依存度远远高于印刷文学。几个世纪以来,印刷文学已经发展了一整套保存和归档的机制,高质量纸张的印刷书籍可以保存几个世纪。不幸的是,数字文学还没有如此的机制,程序会变得无效或升级为不兼容旧版本的新版本;新的操作系统无法识别旧的作品——这些数字媒体的流动性质使这种情况加剧恶化了。而从整个的社会生态圈的运行情况来看,我们所知道的“文学”的形式是一张远远超出传统的阅读与写作活动的复杂网络;它还要包括技术、文化和经济机制、习惯和倾向、生产与消费的网络、专业团体和他们的出资潜力、被设计出来促进和有助于教学和学习活动的经典和选集以及其他众多因素。随着向数字化的迈进,所有这些都经历着深刻的变革。探索和理解从纸页向屏幕过渡时引发的全部含义势必是一项共同的努力,是一项要求启迪性思考、前景设计和深层次批判性思维的巨大的任务。在这个宽泛的意义层面上,数字文学激发我们重新思考文学何为以及如何为。

---

① Bernstein, Charles. Attack of the Difficult Poems: Essays and Inventions[M]. Chicago: University of Chicago, 2011:34.

② Bernstein, Charles. Attack of the Difficult Poems: Essays and Inventions[M]. Chicago: University of Chicago, 2011:39.

③ Lessig, Lawrence. Remix: Making Art and Commerce Thrive in the Hybrid Economy[M]. NY: Penguin, 2008:28.

第六章　数字书写空间的建构:从印刷符号到数字矩阵

詹姆逊在他的《晚期资本主义的文化逻辑》中提出了后现代文化的三个特性:文本性(texuality)、书写(ecriture)和精神分裂体(schizophrenic writing)。詹氏之所以没有使用英文词“writing”来表示书写,而用法语词“ecriture”,在于这里的“书写”代表的是一个整体性概念——它不仅仅是付诸纸、笔或键盘的行为,还是一种抽象的文化隐喻,一种包含历史、经济和科技等概念的社会运行程式,以及一种叙述形式。詹氏提出的现实主义、现代主义、后现代主义的文化分期概念就是要寻求“能够把各个文学时期辩证地联系起来的在结构上有所变化的”,可以“采用某种语言的尺度来加以判断的”,同时还“指明了其特定的社会和历史发展的”叙述形式。①

詹姆逊还认为,“当今的文化是一个媒介的问题”。“旧些的形式或风格,或者灵性操练和沉思、思想和表达都被媒介以截然不同的方式制造出来。机器的介入、文化机械化,以及产生自意识工业(consciousness industry)的文化媒介化的例子随处可见”,媒介结合了三个较明显的信号:“美学作品的艺术模式或特定形式、总体上围绕一种中心装置或机器构建起来的特殊技术、社会制度。这三个表意领域并没有给出‘媒介’的明确定义,但却明确了这个定义得以完善或构建的维度。”② 换言之,这个书写空间是以技术为中心的美感再现。技术,具体说是媒介所依附的信息和网络技术,被提到了核心位置。同时,他已经意识到了媒体技术对书面文本,或曰整个的以平面印刷技术为基础构建起来的表达和再现方式的一种重新建构。正如伯尔特在《书写空间》(*Writing Space*)中所言,每当书写史上出现一种新技术时,它都有可能补充或替代传统的技术。数字书写之前的三大主导技术:莎草纸、手抄和印刷,都参与了不同书写空间的构建。当手抄本替代卷轴的时候,古代文化占主导地位的口语空间在中世纪书写里转为了次要空间;而当印刷书本使手抄本边缘化之时,书写空间则呈现出线性、可复制性和固定性的特征;当今的数字技术又使得实体性的书写空间转为虚拟空间。③

第一节　从沉浸到反沉浸

伯尔特和格鲁辛在谈到新媒体的谱系学时,提出了两种视觉表现风格④:去媒体性(im-

① [美]詹明信. 晚期资本主义的文化逻辑:詹明信批评理论文选[M]. 陈清侨,译. 北京:生活 • 读书 • 新知三联书店,1997:294.

② Fredric Jameson. Postmodernism, or, the Cultural Logic of Late Capitalism[M]. Durham: Duke University Press, 1991:90.

③ Jay David Bolter. Writing Space: Computers, Hypertext, and the Remediation of Print[M]. Mahwah: Lawrence Erlbaum Associates, 2001:21.

④ Jay David Bolter, Richard Grusin.Remediation: Understanding New Media[M]. Cambridge: The MIT Press, 1999:21.

mediacy）和超媒体性（hypermediacy）。去媒体性也称透明性（transparency）。它避免扰乱观众对虚构世界的笃信，忘记媒介（纸张、画布、胶片等）的存在，并且相信他与被表现的客体身处同一时空。超媒体性（hypermediacy）指对媒介的超敏感意识。去媒体性与现实主义小说相对应，因为现实主义小说的读者期盼的是能够融入其中的真实感；而作者往往扮演着上帝的角色：创造万物却从不现身，尽可能地淡化自己在小说中的影子以增强小说的可信度。读者很难从文本中窥探到小说的创作过程，因为他们忽略了一点：写实小说"构建了而非反映了真实世界，换句话说，不管外部世界被现实语言的透明性变得怎样自然，它总是以语言和叙事为媒介的"。[①] 而超媒体性与元小说的效果一致——频繁地提醒人们注意书本的物理存在和叙述的虚构性。元小说是对现实主义小说逻辑的批判，是对它所创造出的逼真性的挑战。它将小说的创作过程当作创作材料的一部分，有意识地暴露叙述的痕迹，劳伦斯·斯特恩的《项狄传》、卡尔维诺（Italo Calvino）的《如果冬夜，一个旅人》（*If on a Winter's Night a Traveler*）都是典型的元小说。

数字文学作品的物质性与元小说的特性相对应。数字小说，尤其是超文本小说，是施为性（performative）的，读者参与是它与印刷小说的重要区别，因为它干扰了读者此前在印刷文本世界中的全神贯注和身临其境；做出选择的需要一直提醒读者他是在参与一部小说的制造。瑞恩也强调数字文学的"反沉浸"（anti-immersion）态度，认为超文本更像一个游戏，需要与参与者互动才能完成。尽管在界面中看不到编程者，但作为主体的读者始终是在场的，由他点击按钮、选择菜单、拖动图标和窗口。[②] 所以，"机器表面的自动化促成了技术的透明性，而提供给用户互动的按钮和菜单又妨碍了这种透明性"。[③]

一、沉浸与世界隐喻

亚里士多德将悲剧的效果定义为通过惊恐和悲悯实现情感的宣泄或心灵的净化，因此，文学作品理所应当地被认为能像现实生活的情形那样引发同情、悲伤、舒缓、欢笑、羡慕、轻视、恐惧、冲动等一系列情感反应。对虚构人物命运的情感投入在文本主义方法之前被公认为对文学的自然反应。"沉浸式"（immersion）就是把阅读喻为一次冒险：读者投身大海（沉浸）、来到异地（运送）、入狱（被故事吸引，成为俘虏型读者）、与所有的其他现实失联（迷失在书中）。[④] 换句话说，阅读被冻结在了"当下"，全神贯注的读者深陷其中，动弹不得。

沉浸诗学的基石是文本世界理论（Textual World Theory）。沉浸式阅读必须发生在一个可以沉浸其中的广阔领域——文本世界。文本世界是个语义场，由"以任何既定的符号顺序投射的不可计数、边界模糊和偶尔混沌的意义组成"[⑤]。"世界"的四个特征就是：相连接的物体和个人组件；有人居住的环境；对外部观察者来说是合理的可理解的整体；是其成员的

① [英]柯里. 后现代叙事理论[M]. 宁一中，译. 北京：北京大学出版社，2003:84.

② Marie-Laure Ryan. Narrative as Virtual Reality: Immersion and Interactivity in Literature and Electronic Media[M]. Baltimore: The Johns Hopkins University Press, 2001:170.

③ Jay David Bolter, Richard Grusin. Remediation: Understanding New Media[M]. Cambridge: The MIT Press, 1999:36.

④ Marie-Laure Ryan. Narrative as Virtual Reality: Immersion and Interactivity in Literature and Electronic Media[M]. Baltimore: The Johns Hopkins University Press, 2001:60.

⑤ Marie-Laure Ryan. Narrative as Virtual Reality: Immersion and Interactivity in Literature and Electronic Media[M]. Baltimore: The Johns Hopkins University Press, 2001:59.

活动场所。① 文本世界——语言、名字的组成、明确的描述、句子、命题的领域——区别于人物、物体、事实,以及指涉情形的语言外部领域。文本世界的思想假定读者在想象中构建了一套独立于语言的物体,以文本的声音为向导,通过内化的认知模型、推理机制、真实生活经历和文化知识,包括从其他文本上推导的知识等信息的输入将一向不完整的图像更加生动地呈现出来。这种活动中语言的作用就是挑拣文本世界的物件,把它们与某种性质相联系、使人物和背景变得生动——简言之,将它们的存在付诸想象。如此一来,“世界”隐喻就会引发一个指涉性的或“纵向”的概念意义,与索绪尔和后结构主义认为意指就是语言系统的词语间横向关系的网络产品的观点形成了极大的反差。斯文·伯克茨(Sven Birkerts)把这种态势描述为:“当我们读一本小说的时候,显然不会回忆之前的句子和段落。事实上我们通常根本不会记住语言,除非是对话。因为阅读就是交谈,把符号转变成内容。”② 夏洛蒂·勃朗特(Charlotte Brontë)把沉浸想象成身临文本世界的投射:“你将会看见他们了,读者。走进温布瑞边缘这干净的花园宅落,再向前走几步就是小会客厅——他们在那里用餐……你和我会参加晚会,见所能见的,闻所能闻的。”③ 约瑟夫·康拉德(Joseph Conrad)的艺术目标也预示着虚拟现实开发者强调的丰富多样的感官融入:“我正在努力为之实现的任务就是,以书写语言的力量,让你听到,让你感到——最重要的是,让你看到。”④ 对卡尔维诺而言,从现实生活到文本现实的过渡是个严肃的事件,必须带有适当的仪式。《如果冬夜,一个旅人》开篇给读者的导言就表明,通过这种过渡仪式,各种文化在世俗和神圣之间,或在主要的生命阶段之间划出了界限。翻开书就意味着开启了一次久远的航程:

> 你即将开始阅读伊塔洛·卡尔维诺的新小说《如果冬夜,一个旅人》。放松。集中精神。去除杂念。让你周围的世界暗淡……找个最舒适的位置:坐下、伸展,或躺平……把灯光调整到不让眼睛吃力的程度。就这么做吧,因为你一旦陷入了阅读,你就寸步难移了。⑤

汤姆·沃非(Tom Wolfe)则这样讲:

> 一个人的记忆表面上看是由成千上百万幅的图像组成,以拼图的方式共同作用的。才华卓著的作家能够以丰富的模式操纵读者的图像,在他们的头脑中创造出与读者自己的真实情感相辉映的完整世界。这些事件虽然只发生在印刷的纸上,但情感是真实的。因此,读者被某本书“吸引”而产生的独特情感在当中“迷失”了。⑥

带入感极强的现实主义作品通常都能规划出隐秘的阅读时间和空间,读者在此暂时忘

① Marie-Laure Ryan. Narrative as Virtual Reality: Immersion and Interactivity in Literature and Electronic Media[M]. Baltimore: The Johns Hopkins University Press, 2001:58.

② Sven Birkerts. The Gutenberg Elegies: The Fate of Reading in an Electronic Age[M]. New York: Fawcett Columbine, 1994: 97.

③ Charlotte Brontë. Shirley[M]. Oxford: Clarendon, 1979:9.

④ Joseph Conrad. The Nigger of the Narcissus[M]. London: Dent, 1974:26.

⑤ Italo Calvino. If on a Winter's Night a Traveler. Trans. William Weaver[M]. SanDiego: Harcourt Brace, 1981:3-4.

⑥ Tom Wolfe. The New Journalism[M]. New York: Harper & Row, 1973:34.

却了自己是谁、身处何处,而与人物和叙事的社会化的认同,是一种自我摒弃和自我丧失状态,一种“可怕的、难以捉摸的自我消融”[①];阅读过程也是通过现实主义小说中的虚构人物实现理想化自我(一种被置换的、英雄化了的自我)的途径。库比特(Sean Cubit)由此指出,这两种作用是“叙述性小说在这种阅读模式取得主导地位的根源:这种叙述中充满了追寻、失落、复苏,使读者欲罢不能,不看到结尾就不能感到完整,而到结尾之处则又重新回到自我的世界”。[②]

二、数字文学的反沉浸态度

20世纪中期的文学吸取了新批评、结构主义和解构主义的交叉养分,采取了“语言学转向”,将形式置于内容之上,强调词语、双关语、互文性典故、戏仿和自我指涉性之间的空间关系;小说颠覆了情节和人物、实验了各种开放型结构、越来越多地使用文字游戏。瑞恩指出:

> 这种进化将文学分裂开来:知识分子的先锋派投身于新型美学,而普通民众依然保留着对19世纪沉浸式理想和叙事技巧的信念。如在视觉艺术上,对媒介嬉戏的态度使得沉浸的程度降低了,这也意味着对诸如语句的语音内容、它们的图像外表,以及构成了它们的语意价值场的相关与不相关感觉的集合等特征的利用。在这个语言的狂欢概念中,意义不再是一个世界固定的图像,读者在其中投射另一个虚拟的自我,甚至也不是对当下世界的动态模拟,而是由相互关联的链条产生的灵感火花,它们将文本和互文能量场中的微粒连接成时刻变化的结构。意义逐渐被描述为不稳定、去中心、多样化、流动、突发的——所有后现代主义思想的特点。[③]

对文本动态生产的重新关注还被用于写作过程中,并且加强了文本意识、元小说式自我指涉和对“模仿”一词的另类解释。在《自恋的叙述》(*Narcissistic Narrative*)中,琳达·哈钦(Linda Hutcheon)区分了“产品模仿”(product mimesis)和“过程模仿”[④](process mimesis)两个词。后者暗指读者的更多参与,因为他受邀作为一部书的自我分析的见证人来参与到创作过程之中。对读者的期盼并不仅限于让他们对小说的信度和逼真度表现出钦佩;还要让他们用语言加入意义创作中。

印刷作品中反沉浸的元小说、理论小说是运用了某种设计,比如分叉叙事或套层结构,来增强或令读者明显地感觉到它的虚构性。它们如同脚注、旁注、括号和其中的插入语一样是附赠读者的,是可有可无的部分,即便去掉也不会很大程度地影响小说的意义。但数字文本,尤其在3.1.1论述的具有互动性质的超文本和3.2.3的文学类游戏文本中的反沉浸几乎是自然地发自文本,选择式互动是媒介整体包装的一部分,并且在叙事文本中,它将会保持强烈的可视性。

① [新西兰]肖恩·库比特.数字美学[M].赵文书,译.北京:商务印书馆,2007年:24.

② [新西兰]肖恩·库比特.数字美学[M].赵文书,译.北京:商务印书馆,2007年:24.

③ Marie-Laure Ryan. Narrative as Virtual Reality: Immersion and Interactivity in Literature and Electronic Media[M]. Baltimore: Johns Hopkins University Press, 2001:11.

④ Linda Hutcheon. Narcissistic Narrative: The Metafictional Paradox[M]. New York: Methuen, 1984:9.

首先,互动叙事造成了一种疏离感。疏离感是通过读者的互动作用、叙事设计(比如矛盾的故事、非时间顺序的事件、明显的导航工具),以及互文性指涉而获得的,总让读者有"置身事外"的感觉。阿尔塞斯注意到,作为读者选择的结果,"超文本的主要特征是间断—跳跃——文本中读者位置的突然置换"。[①] 瑞恩持有相同观点:"读者不能对语言的物质性和指涉对象的文本本源视而不见"[②],因为超文本结构不断地提醒读者文本构建了一个虚幻的领域。互动小说通常被策划成让读者意识到它们的链接和技术环境,每当读者来到一个链接并不得不做出选择的时候,他在虚构世界的沉浸式经历就被打断了。所以,媒体和叙事间是相互依存的,对读者的经历产生了深刻的影响。

瑞恩还认为,"互动性将无限自我更新的文本理想从所指层面转调到了能指层面。"在典型互动文本中,读者点击超链接来展开文本。每个超链接带来的文本块都包含若干个超链接,每一次阅读都产生出不同的文本,这里的"文本"指读者的眼睛扫视到的依某种符号顺序形成的一个组。所以,"标准化印刷文本的读者从不变的语意基底中建构起个性化的解释,而互动文本的读者参与到可视符号组成的文本建构中。"尽管这个过程被限制在规划好的若干选择之中——即作者设计的分支可能——这种相对的自由还是被赞誉为创造性强而限制性少的意义形成活动。[③] 尽管这种意指符合游戏需要的不过是纸页上的语句和读者尚需激活的想象力,但很容易看出由数字技术赋予文本的互动性特征如何体现了诸多后现代的概念。

第二,超媒体性阻止了沉浸。数字技术通过合并文本、声音和图像的能力"初次扭曲了由来已久的,19 世纪由歌剧和 20 世纪中期由布莱希特和阿尔托的戏剧理论所表达的总体语言的梦想"。[④] 超媒体就意味着这种扭曲。相比较而言,多媒体(multi-media)是合成性的,比如电影就是将各式感官刺激融进了对虚构世界的整体性理解中;而超媒体是信息片段的分析型汇聚,重在并置:多个窗口中一个窗口可以提供文本、另一个提供声音、第三个提供图片或影片等,当然用户在这众多维度中一次只能体验一种。它的典型体现便是万维网的碎片化呈现。

文学文本中的互动性在数字环境中保持着强烈的可视性。每当读者被要求做决定的时候,"为思想放电影的"的那台机器就会停下来。就像不断被卡尔维诺解释的小说《如果冬夜,一个旅人》表现的那样,让放映机再次运转还得些时候。[⑤] 沉浸式需要的是流动性、完整性,是能够顺畅展现虚构的形体游走于小说世界时的时空连续体。但是在纯粹的文本环境中,互动性预先假定了一个分散的和"视窗化"的结构,因为在文本群岛中,每一个链接都将读者远程运输到一个新的岛屿上。这种分散环境也是超媒体性的,旨在提醒观看者媒介的

① Espen Aarseth. Nonlinearity and Literary Theory[M]//George Landow. Hyper/Text/Theory. Baltimore: John Hopkins University Press, 1994:53–86.

② Marie-Laure Ryan. The Text as World Versus the Text as Game: Possible Worlds Semantics and Postmodern Theory[J]. Journal of Literary Semantics, 1988(27):137–63.

③ Marie-Laure Ryan. Narrative as Virtual Reality: Immersion and Interactivity in Literature and Electronic Media[M]. Baltimore: Johns Hopkins University Press, 2001:11.

④ Marie-Laure Ryan. Narrative as Virtual Reality: Immersion and Interactivity in Literature and Electronic Media[M]. Baltimore: Johns Hopkins University Press, 2001:214.

⑤ Marie-Laure Ryan. Narrative as Virtual Reality: Immersion and Interactivity in Literature and Electronic Media[M]. Baltimore: Johns Hopkins University Press, 2001:369.

存在。通过对表面侵略式的聚焦,超媒体性阻止了深陷其中的可能。伯尔特指出:“在与印刷的竞争中,超文本呈现的是旧媒体的集约化。”① 当纳尔逊用“超文本”命名那些相链接的数字文本时,他是指文本的“登峰造极”(ne plus ultra)。在跟随超文本链接的时候,读者逐渐意识到这种形式或媒体本身,意识到与它的互动。相反,印刷一直被视为应该从读者意识和考虑中消失的媒体。的确,两个媒体化的层次:印刷纸页和篇章本身都应该消失。在传统小说中,读者应该忘记他正在读,而是正在“看”作者描述的事件。在独白或是杂文中,他应该专注于观点——不是关心词语,更不是类型的选择和页面的排版。与之相反,超文本挑战了上述的“消失美学”,“并且要求读者关注文本呈现和更新的过程。超文本是过程也是结果”②。

第二节 从单一模态到多模态

数字化时代文学创作的传统观念遭遇到了巨大挑战,文学文本也从单纯的文字符号作品变化为媒体作品,文学创作不只是供人阅读的按照一定规则排列的页面,而且还是供人看的图像和让人听的媒体。20 世纪 80 年代麻省理工学院的伊希尔·浦尔(Ithiel de Sola Pool)教授提出“媒介融合”(media convergence)的概念,指各种媒介呈现出多功能一体化的发展趋势。这既是数字文学文本的显著特点,也是印刷文学创作在读图时代的发展趋势。

就社会符号意义上的多模态概念而言,传统小说基本上是单一模式(monomodal)的,所有的感官效果和生成意义的方式都被转换或再现为语言形式,将书写置于其他所有表意和交流的模式之上。虚构世界的建构是基于文字和一个线性的“符号序列”,或一个语言的范围,“由名字、确定的描述、句子,以及命题构成”。③ 因此,在传统小说中,读者唯一可从虚构世界获取的表现材料就是词句一类的文字话语。整个的世界是由文字和“对语言行为的叙述”(diegesis)组成的。自 20 世纪 90 年代起涌现出相当数量的小说,它们不再是单一的文字文本,而是在叙事话语中包含了广泛的视觉呈现,如照片、绘画、地图、图表,以及各种各样显著的视觉元素。这些符号模式的增殖改变了传统上基于文字的小说风格,将阅读转变为一种多素养(multiliterate)行为。瑞恩据此提出,应将这种多符号叙事列入文学的次级类别中,定名为“多模态小说”(multimodal novel)。作为小说创作与阅读的文学实践和社会符号理论,多模态挑战了语言在文学和研究中的历史主导地位,尤其是印刷中的书面文字。④

一、从“作者”到“合作者”创作

海力特(Wolfgang Hallet)区分了五种阅读多模态小说的“概念性转变”:从单一模态(文字的)向多模态多媒体文本、从写作到设计、从叙事者到叙事者—呈现者、从阅读到跨模态

---

① Jay David Bolter. Writing Space: Computers, Hypertext, and the Remediation of Print[M]. Mahwah: Lawrence Erlbaum Associates, 2001:43.

② Jay David Bolter. Writing Space: Computers, Hypertext, and the Remediation of Print[M]. Mahwah: Lawrence Erlbaum Associates, 2001:43.

③ Alison Gibbons. Multimodality, Cognition, and Experimental Literature[M]. London: Routledge, 2011:34-39.

④ Wolfgang Hallet. The Rise of the Multimodal Novel [M]//Marie- Laure Ryan, Jan-Noëlon. Storyworlds across Media: toward A Media-conscious Narratology. Lincoln: University of Nebraska Press, 2014:171.

式叙事意义建构、从读者向"用户"的转变。[①] 毫无疑问,数字文学将文本、图形、声音和图像等多种模式聚合于一个"平面",承载着符号互戏的最终结果。这种互戏以符号、寄生、对抗或颠覆为特征,它放大了 20 世纪晚期杂糅了交流媒体的文学实验——约翰·巴斯(John Barth)称之为"媒体间性"(intermedia)和"混合法"(mixed means)艺术。[②]

20 世纪对艺术与文本之关联的兴趣延续到了 21 世纪。对艺术与文学界限的探索呈现出的是艺术、诗歌、绘画和语言的原创性作品,以及它们的各种组合。这些作品摆弄的是媒介、体裁和学科间的边界,而边界本身也在漂移,甚至消解。似乎只有模糊、概括性的词语,如"语言作品"或"文字实验",才能捕捉到所有的种类和创意。这些作品能称为"文学"吗? 观察者们依照自己的需要任意地以多种方式划分学科或类属的界限,表达自己不同的艺术和文化价值观。维特根斯坦(Ludwig Wittgenstein)在《哲学问题》(*Philosophical Investigations*)中就概念分类(如"文学"和"艺术")的界限提出了质疑:"'模糊的概念还是概念吗'———张无法辨别的照片还是一个人的图像吗? 用一张清晰的照片取代那模糊不清的照片总是有利的吗? 那张模糊的不经常就是我们想要的吗?"[③] 话语和艺术边界之间的各式实验产生的这种"无法辨认"或"模糊不清"的学科边界也许正是"我们想要的"。正因如此,多模态创作继罗兰·巴特著名论断"作者已死"之后再次挑战了文学传统上坚如磐石的"作者"概念。

传统文学研究通常都追求无纸无墨的文字,因为"脱离了物质的束缚,文本就具有了无限的可能,带上了一种半神圣的魔力"。[④] 法理学家布莱克斯通将文学作品定义为:唯独由"风格和情感"构成了"它的身份"。纸张也好印刷也好都不过是偶然的,只是将这种风格和情感传递给远方的工具而已。[⑤] 著作权法的目的也在于巩固了作为一个人的文学作者地位,一个具有原创性才能的,将自己的智慧劳动和自然给予他的材料混合起来的人,好比洛克说,"人通过将自己的劳动和土地混合起来而创造了私有财产"。[⑥] 尽管物质和经济因素在现实世界中都有一席之地,但在印刷语境中,它们被一致地省略了,目的是强调文学是一项智力构建,无需对实现它的媒体感激涕零。虽然如此的结论受到了未来主义和意象派文学运动的挑战,如威廉姆斯在《佩特森》(*Paterson*)中说"没有脱离事物的思想",但是印刷的长久统治仍然使纸媒文学被广泛地视为没有形体,只有发言的思维。数字文学的多模态作品对作家、读者和评论者提出了挑战——要求他们不仅深谙传统文学的解读能力和理论知识,还要在一定程度上具备计算机和网络知识,以便充分理解数字文学的审美之道和意义的多种可能性。如此一来,作家与艺术家们的多方合作成为必然。

数字文学的创作仅靠文学情思是不够的,它同时还与数字艺术、电脑游戏、网络和可编程媒体(programmable media)等其他形式有着密切的关系;它还深陷与软件公司、计算机制

① Wolfgang Hallet. The Multimodal Novel [M]//S. Heinen, R. Sommer. Narratology in the Age of Cross-Disciplinary Narrative Research. Berlin: Walter de Gruyter, 2009:129–53.

② John Barth. The Friday Book: Essays and Other Non-Fiction[M]. London: The John Hopkins University Press, 1984:65.

③ Ludwig Wittgenstein. Philosophical Investigations [M]. G.E.M. Anscombe, Trans. New York: Macmillan, 1958:34.

④ [新西兰]肖恩·库比特. 数字美学[M]. 赵文书,译. 北京:商务印书馆,2007:19.

⑤ N. Katherine Hayles. Print Is Flat, Code Is Deep: The Importance of Media-Specific Analysis [J]. Poetics Today, 2004, 1 (25):68.

⑥ N. Katherine Hayles. Print Is Flat, Code Is Deep: The Importance of Media-Specific Analysis [J]. Poetics Today, 2004, 1 (25):68.

造商,以及与网络和可编程媒体关联的设备供应商的商业利润的纷扰之中。艾伦·刘(Alan Liu)在《酷定律:知识著作和信息文化》(*The Laws of Cool: Knowledge Work and the Culture of Information*)就此进行了讨论。刘呼吁把"酷"——设计者、艺术家、程序员与知识产业中的其他工作者联合起来,以此暗示两个阵营都拥有应对商业利益复杂性的有利条件。传统的人文科学专门研究如何清晰地表达并保存过去的深层次知识,并且致力于文化分析的广效性;而"酷"则将网络化和可编程媒体的专业知识,以及对当代数字化实践的直观理解摆到了台面上。追求多方变化和有利于从现代和传统两种视角进行观察的数字文学就是促进这种联合的阵地。不仅要把数字文学理解为一种艺术实践,还要理解为一个多种区域和不同专业知识磋商并达成协议的地点。再者,从社会学的深层次意义上讲,软件就是合作性的社会实践和文化过程。麦肯齐(Adrian Mackenzie)在《切断代码:社会性的软件》(*Cutting Code: Software as Sociality*)[①]中分析了从多用户系统到终极编程的一系列技术实践的同时,还探索了社会形式、主体性、物质性和权力关系在创作、营销和软件使用上日趋复杂的问题。他提醒人们:如果要理解印刷文学的进化,就必须考虑诸如为著作权制定的法律条款和判案依据、为发表和传播伟大文学作品的思想意识而努力的书商和出版商;同理,要理解数字文学,就必须知晓它是在复杂的社会和经济网络中演变而来的,这个网络包括:商业软件的发展、自由软件和共享软件开放资源的矛盾哲学悖论、因特网和万维网的经济学和地缘政治学,以及其他许多直接影响数字文学创作和储存、出售和分发、保存或允许衰退直至被遗忘等众多因素。

二、从特定媒体到多媒体和跨媒体传播

多模态将不同种类的符号——如动态影像、口头语言、音乐和文本片段合并在了同一目标媒体中;而通过媒体间性(intermediality),特定媒体的文本将触角伸向其他媒体:包括跨媒体改编(从电影到电子游戏)、文中对其他媒体的指涉(小说中绘画、插图等)、模仿其他媒体(纸质书中的超文本结构)、通过一种媒体描述另一种媒体等形式(用语言描述的音乐和视觉效果)。这种媒体间性就反映在"跨媒体叙事"(transmedia storytelling)上,指"一部虚构作品的完整性元素沿多个输出渠道(媒体平台)被系统地分散开来,旨在创造一次统一、和谐的娱乐体验。最理想的状态是每一个媒体都贡献出自己独特的力量来展开故事"。[②]这些虚构作品可以是独立的,也可以偶尔地与那些和它们共享同一故事世界,而又以不同的媒体输出的其他故事联系起来。"渠道"包括小说、电影、电脑游戏、漫画书、网页等。

20世纪50年代,被称为美国"史上最有影响力的警探片"的办案系列剧《天罗地网》(*Dragnet*)就是改编自当时流行的广播剧,不仅如此,围绕该剧还派生出了图书、影片、配套玩具等。这种叙事方式在今天已是屡见不鲜了,但仍属于跨媒体叙述的初级形式。毋庸置疑,数字形式的繁荣使得跨媒体技术在深度和广度上都扩大了。当然,跨媒体技术也促进了这种繁荣,因为像在线视频、博客、电脑游戏、社交网络等数字平台,以及诸如虚拟现实游戏(alternate reality games)等新形式都有较好的商业回报,并且为扩展叙事宇宙开辟了广泛的

① Adrian Mackenzie. Cutting Code: Software as Sociality [M]. London: Peter Lang, 2006:45.

② Wolfgang Hallet. The Rise of the Multimodal Novel [M]//Marie- Laure Ryan, Jan-Noëlon. Storyworlds across Media: toward A Media-conscious Narratology. Lincoln: University of Nebraska Press, 2014:270.

访问路径。过去的文学批评方法与传统小说的单一形态的、语言学的方式紧密相连，与此背景相反，多模态小说让学者们意识到意义从不会产生自某种单一的模式中。

还有一个例子。2013 年在“互动媒体方面的杰出创造性成就”而获得美国电视界最高奖艾美奖的 YouTube 视频系列《丽奇·班纳特日记》(Lizzie Bennet Diaries)就是一部非常成功的跨媒体作品，改编自奥斯丁的名著《傲慢与偏见》。作品围绕现代女大学生丽奇(原著中的伊丽莎白)在母亲让她“嫁个有钱人”的说教与行动展开，包含了 150 条，近 10 小时的短视频。将名著搬上银幕并不稀奇，令人惊叹的是该作品对各类新媒体工具的创造性运用。其一，不同于电视剧集的是，每条视频只有 4 到 7 分钟，适于观看、保存、转发，非常符合现代人快餐化消费和碎片化时间关注的特点；其二，主人公(丽奇、简、莉迪亚、维克汉姆等)在 Facebook、Twitter 等社交媒体都有个人账号，当观众有任何问题或想要与哪位人物“私聊”时，即可加“关注”，甚至可以@作品制作方(Pemberley Digital)，影响他们对后续剧集的编排，这些账号虽然是制作方虚构的，但的确在很大程度上有效地实现了作品与观众的互动；其三，深陷剧情发展的观众不能满足于短视频呈现的故事，因此 2014 年小说《丽奇·班纳特的秘密日记》(The Secret Diary of Lizzie Bennet)出版，讲述了更多“背后的故事”，为原著增添了一些侧线和番外故事，使得丽奇这个人物形象更加丰满；另外，观众还可以在 iTunes 上听小说的音频。可以说，LBD 改变了故事讲述的面貌，是一场有机融合多种媒体渠道的视听盛宴，是故事世界的完美时态系统。

文学理论家玛乔瑞·帕洛夫从诗学的角度阐释了跨媒体现象。在《诗歌、诗学和教学辨微》(*Differentials*: *Poetry*, *Poetics*, *Pedagogy*)中，她用“微分”(differential)的概念来描述和解释媒体时代诗歌创作的变化与发展趋势。帕洛夫指出，美国诗坛在语言诗派之后的创新和理论建构依然步履艰难，但有两个趋势引人注目，其一是诗歌文本视觉化，这倒不新鲜，因为从达达主义到意象派到具象诗都注重诗歌的外观，并且当今的媒体技术为它们配置了更新鲜多样的表现手段。其二是“微分诗”(differential poetry)，即不是以单一形式存在，而是根据呈现的媒体——印刷书、网络、装置艺术或口头表演——而有所不同的诗歌。① 帕洛夫始终走在时代的最前沿，敏锐地发觉美国文坛最前卫的“先锋派”创作手法，并能以自己广博精深的知识给予其条分缕析。《发声的脚本符号》(Vocable Scriptsigns)以肯尼斯·戈德史密斯(Kenneth Goldsmith)的《烦躁》(*Fidget*)(1999)为例对“微分诗”进行了说明。

《烦躁》记录了 1997 年 6 月 16 日布鲁姆斯纪念日这天作者从早上 10 点到晚上 11 点这 12 个小时中身体的每个动作。全文只有动词，动作的发出器官和涉及的对象，没有动作的主体(比如“I”)，没有主观评论，没有心理学，没有情感——唯有干枯乏味的陈述和离开精神的身体。戈德史密斯将此文称作“言语 / 视觉实验”，它不是文学虚构，而是“真实的诗”。但特别值得注意的是，《烦躁》是沿以下五种媒介被输出的，到底哪个是“真正的”《烦躁》要依观众个人的喜好而定。

①印刷版。纯文字版的《烦躁》2000 年由出版新锐文学作品而闻名的马车房书店(Coach House Books)出版。

②磁带和 C D 版都经过了严格的编辑：所有不必要的词，比如“the”，以及可能含文学或

① Wolfgang Hallet. The Rise of the Multimodal Novel [M]//Marie- Laure Ryan, Jan-Noëlon. Storyworlds across Media: toward A Media-conscious Narratology. Lincoln: University of Nebraska Press, 2014:270.

艺术上的指涉用法都被去除了,旨在"将动作从环境、叙述和伴随的道德品行相分离"。

③画廊装置(gallery installation)由代表12个小时的12套纸质西服组成。每套西服上都印着这个时段的动作。早些时候的西服上印着较浅色的文本,伴随时间的流逝,文本渐浅,纸张渐深,直至黑纸白字。还有,随作者的精神困倦,西服上的字迹也愈加污浊,难以辨认(施乐打印机制造的效果)。

④ 1998年6月16日在惠特尼艺术博物馆的表演。著名领唱西奥·布莱克曼(Theo Bleckmann)站在博物馆的阳台上边唱边扔下去一张张写着唱词的纸。这些纸张被一对双胞胎儿童捡起后送到一组女裁缝那里,由她们在这一小时的表演中缝制成西服。当布莱克曼演唱结束的时候,刚完工的西服被升到他演唱的阳台上。观看了表演的比尔·阿宁中写道:"从布莱克曼鼻腔里蹦出来的幽默曲调与阅读戈德史密斯干巴巴的,不带任何感情色彩的叙述——二者的不一致令人惊诧。"

⑤ Java程序的电子版。这里的文本已被进一步缩至词或词组的最简构成元素。元素间的关系被一个从视觉和空间上,而不是语法上组织起来的动态图系统建构起来。程序被下载到了用户的电脑上,每次点击或拖动鼠标时都会显示在动态图上;不同的时段以不同的字号、背景色显示出来;用户可以修改这些参数。每当鼠标掠过时,文字会逐渐缩小并慢慢褪色,增强了时间的流逝感。

没有哪个版本可称之为《烦躁》的确定版本,不同的版本可以视为组成要素不同形式的重复。解构主义学者米勒在《小说与重复》中提出两种"重复":其一,"柏拉图式的"——它在真实性上与被模仿对象相吻合,是"19世纪甚至20世纪英国现实主义小说和其批评家们头等重要的前提。"其二,"尼采式的"——它不像第一种重复那样亦步亦趋,而是假定世间万物都是独一无二的,相似只是"幻影"或"虚假的重影","导源于所有处于同一水平的诸因素间具有差异的相互联系"。这五个版本都可视为对"1997年布鲁姆斯一日中12个小时的身体动作"这件事情的重复。纯文字版"构筑了一个清晰的模型,'生活'在里面消失了,剩下的只是按时间顺序对事实所做的干巴巴的叙述"。用瓦尔特·本雅明的话说,是一种"白昼里自觉的记忆""通过貌似同一的相似之处合乎逻辑地周转运行着",与柏拉图式的重复相对应。相比较印刷版,画廊装置、现场表演可谓"场地"(画廊、博物馆)加"材料"(文字)的综合展示。它们建构了一种"虚构的生活",由众多与现实相似的点组成,"从中人们体验到一样事物重复另一样事物,前者与后者迥然不同,但又惊人地相似",这与尼采式的重复相对应。正如弗洛伊德的"梦"是虚构的,是对现实的改造、置换、凝缩等"变形"——印有文字的纸张"变形"为缝制西服的材料;文字"变形"为音轨中的声音、布莱克曼的歌词。尽管事物本身的情形并非如此,但这种梦的记忆却有着"建设性的、想象的、虚构的一面";这种记忆为体验过它的人创造了"一个对不曾存在过的世界的回忆"。[①]很难分辨哪个版本是现实或哪个是梦,它们互相指涉和参映,都是对身体行为这个事实经验的重复。诗人在各媒介间辗转的能力给了他们更广阔的实验空间。

帕洛夫说:"如果文学被定义为对语言违规性(linguistic deviance)的探索与实践的话,那么文学建立已久的监管作用就是使文学作品免受语言的侵扰,避免语言滑移(slippage)的破坏力量。"之所以"违规"是因为"滑移"涉及不同范畴的认知过程,比理解表面意义更为

① [美]希利斯·米勒.小说与重复[M].王宏图,译.天津:天津人民出版社,2007:8.

复杂，因而这种“滑移”日益形成了一种新的诗学规范——“微分诗学”，它“好像是说知识现在可通过不同的渠道，以不同的手段来获取。”①

故事世界的建构是根据经验而为之的，因此当读者赋予字词意义时，总会依靠其他的感官知觉，其他的知识形式，以及其他的已经获得的符号语言。正如米切尔（W. J. T. Mitchell）总结的那样，“所有艺术都是‘合成’艺术（文本和图像）；所有媒介都是混合媒介，组合了不同的代码、话语习惯、渠道、感觉和认知方式”。②

第三节 从线性到非线性

相对于线性叙事的确定、有序、必然和规律性，非线性具有随机、无序、偶然、非因果性等特征。非线性叙事、不连贯叙述或分裂叙述是用于文学、电影、超文本网页等的一种脱离时间顺序来描述事件的叙事技巧；它拼接了单一逻辑顺序之外发生的许多场景，往往包含多条或多级故事线索。当文学的载体历经莎草纸、手抄本、印刷，迈进超媒体时代之时，非线性叙事也如影随形，发生了从纸介质到数字化的嬗变。

一、线性叙事

理性至上是西方文化的精神实质，“理性”意味着对永恒思想的理解与吸收。培根在《新工具》（*Novum Organon*）中对演绎和归纳这两种理性方法进行了阐述。詹姆逊指出，英美传统的小说研究至今固守的原则是，作品的风格、形象、事件等诸要素都须“完整地统一于某种和谐的道德的和主题的陈述之中”，批评家的任务就是要揭示这种“统一”。③或曰，文学文本是“按一定等级划分组织起来”的有机统一体，书写或阅读都要努力“维持一个美学上的整体性”。④因此，在文学作品中最常见的便是井然有序、等级明晰的“时间顺序”和有内在的根据和情理的“因果关系”。用詹氏的“符号”尺度来衡量，意符和指符是一一对应的关系。

时间的概念源于自然过程：日夜交替、四季轮回等，它是人类生活的最基本类别。为了尝试控制时间，传统思想给出一种井然有序、等级明晰的时间再现。虽然不断有人怀疑把时间当作外部世界的组成部分是否正确，但人们仍旧按照时间来调节自己的生活。一个与外部世界的所有感知觉割裂开的人大概仍然会继续体验他自己思想与感觉的连续性。传统上的文本时间注定趋向一个方向并且不可逆转，因为语言预先规定了一个符号的线性形式，比如逐字、逐句、逐章节阅读，所以呈现出的信息也是线性的。尽管人们想方设法逃离传统模式，但它却历久弥坚。托多罗夫指出，故事时间的概念包含一个约定俗成的惯例，将自己等

① Marjorie Perloff. Vocable Scriptsigns：Differential Poetics in Kenneth Goldsmith's Fidget and John Kinsella's Kangaroo Virus [M]//Andrew Roberts，John Allison. Poetry and Contemporary Culture：The Question of Value，Edinburgh：Edinburgh University Press. 2002：30.

② W. J. T. Mitchell. Picture Theory：Essays on Verbal and Visual Representation[M]. Chicago：University of Chicago Press，1994：95.

③ [美]詹明信. 晚期资本主义的文化逻辑：詹明信批评理论文选[M]. 陈清侨，译. 北京：生活・读书・新知三联书店，1997年：78.

④ [美]詹明信. 晚期资本主义的文化逻辑：詹明信批评理论文选[M]. 陈清侨，译. 北京：生活・读书・新知三联书店，1997年：70.

同于理想的时间顺序，或称“自然年表顺序”（natural chronology）。[①] 事实上，严格的承继（succession）行为只在有一条故事线索或一个人物的故事中才能找到。但凡多余一个人物，事件就可能变为同时性的，并且故事往往会是多线性，而非单线性的。严格的线性时序既不自然，也不是大多数故事的实际特点。德里达认为，时间的不可逆转序列不过是上帝构想并创造出的大写的宇宙之真理的现象，表皮和表象。[②] 但是传统的“标准”（norm）仍被广泛地接受，最终代替了故事实际的多线性时间性，获得了“伪自然”（pseudo-natural）的地位。[③]

再来说因果关系。传统上认为叙事线条的组合依据的是开头、中间和结尾的一体化概念，以及内在的根据、情理或者真理——亚里士多德在《诗学》中确定了这些概念。米兰·昆德拉（Milan Kundera）在《小说的艺术》（*L'art du roman*）中指出，以往的小说家尝试从陌生、混乱的生活材料中抽取一根理性、清晰的线；以他们的观点看，理性的动机产生行动，这一行动又引出另一行动；一系列因果关系明晰的行动链接就是所谓的经历。[④] 希利斯·米勒则称，现实主义小说中的人物是按照西方逻各斯中心主义所特有的一套有关起源和终结、因果性、统一性的共享假定来行动的。[⑤]“事出有因”是任何一种现实主义叙事作品的基本特征。但事实上，许多生活事件缺少清晰可辨的原因，而理解惯性却引导我们做出种种根本不可能的解释，即将传统的开端、结局、目标、结果等概念强加于那些本会暗中破坏这些概念的文本之上。米勒还说，意义都取决于由一连串同质成分组成的一根完整无缺的线条，取决于连贯性。不管先后出现的东西多么杂乱无章，“人们都可能会采用因果链或者有机生长的模式来描述叙事之合乎人意的连贯性。人们将线性连贯性视为理所当然”。[⑥]

二、非线性叙事

20世纪原子裂变等新的科学成果被现代思想吸收，建立起一种对世界认识上的不连贯哲学，取代了直到第一次世界大战时期都占主导地位的连贯哲学。线性思维是根据排他性的因果逻辑来运作的，将整体看作部分的总和；它对特殊的问题寻求简单的解决方法，因而走向封闭。非线性思维逃离了一对多的封闭，秉持整体要大于它组成部分的总和，恰与古典科学的还原式思维相对立。流畅的、令人放心的同质空间让位于破碎的，由断绝和虚空构成的让人焦虑不安的现实。现实主义的“线”在新科学思想的影响之下向四周扩散，逐渐形成了现代主义和后现代主义的“空间”概念。

此刻，书写的终极目标不再是表现现实的镜像，而是研究和再现时空的概念和人类纷繁复杂的大脑活动，这也是继《追忆似水年华》之后现代主义作家仿效普鲁斯特去探索的。现代主义经典，如庞德的《诗章》、艾略特的《荒原》和威廉姆斯的《佩特森》，将人们的语言和他们所处的自然世界，以及与其他作家的讯息合成一个序列置于诗中，用文本的原子化和混杂化颠覆和反映复杂的文化信息。在詹姆逊看来，从现代主义走向后现代主义是一种从“蒙太奇”（montage）到“东拼西凑的大杂烩”（collage）的过渡。二者的区别在于各自空间

---

① Shlomith Rimmon-Kenan. Narrative Fiction: Contemporary Poetics[M]. London and New York: Routledge, 2005:31.

② [法]德里达. 书写与差异[M]. 张宁，译. 北京：生活·读书·新知三联书店，2001:76.

③ Shlomith Rimmon-Kenan. Narrative Fiction: Contemporary Poetics[M]. London and New York: Routledge, 2005:31.

④ [捷克]米兰·昆德拉. 小说的艺术[M]. 董强，译. 上海：上海译文出版社，2002:74.

⑤ [美]希利斯·米勒. 解读叙事[M]. 申丹，译. 北京：北京大学出版社，2002:55.

⑥ [美]希利斯·米勒. 解读叙事[M]. 申丹，译. 北京：北京大学出版社，2002:71.

的纯净度和平整度。艾略特在《荒原》最后一章写道"在废墟中拾掇起这些碎片"——这种美学形式用爱森斯坦的电影蒙太奇逻辑解释，是"把毫无关系的意象并列去寻求某种理想形式"。① 换言之，碎片之间虽缺乏明显的承继、因果等一致性的关系，但并不拒绝读者把它们拼缀起来，按照某种线索加以阐释，亦即形散神不散。与此对照，后现代主义的作品不再像现代主义经典作品那样"以不同方式在人们心中激起意义和经验"，例如，普鲁斯特或乔伊斯这样的现代主义作家的渊源似乎探索不尽，对他们的评论和注释也无穷尽。相反，后现代主义作品一般拒绝任何解释，"它提供给人们的只是在时间上分离的阅读经验，无法在解释的意义上进行分析，只能不断地被重复"。②

帕格尔斯（Heinz R. Pagels）说，复杂计算机的问世加速了非线性的研究，使得科学家用到了之前都不可思议的，要求高度重复性计算和计划的模型。③ 纳尔逊在他 1965 年的论文《复杂信息处理》中杜撰了"超文本"一词，在《文字机器》（*Literary Machines*）一书中，他将此解释为"非相续性写作"（non-sequential writing）④。"超文本"一词得到世界的公认，成了非线性信息管理技术的专用词语。而超文本环境本身承载的就是现代主义式的断裂写法，是一种自然而然的书写。伯尔特在《写作空间》中说：

> 技术是在文化上建构起来的，它使我们偏向于某一种"自然的"书写。于是乎，如果作者选择在计算机屏幕上显示一篇固定的、线性的散文，那么他的工作就"违背了技术的纹理（grain）"，就好比当 18 世纪的劳伦斯·斯泰恩或达达主义者等 20 世纪的先锋派作品违背了印刷媒介而创造出高度关联的篇章。事实就是这些作家以非"自然的"形式利用了技术，赋予了作品深刻的意义。⑤

超文本文件是一个话语、思想和资源之间实时链接的模糊网络，它的反层级和非组织化特征在某种程度上破坏了线性的叙事结构。与后现代经典作品相同的是，超文本各节点（阅读单元）之间的连接逻辑较松散，主要是关联性的，暗示着任何意义的创造都是链接问题；而传统的线性文本则是三段论式或演绎性的（syllogistic），有较严密的因果关系。瑞恩指出："超文本的拆解效应是追随典型的后现代主义向连贯、理性和封闭的叙事结构的认识论提出的挑战方法之一，也是拒绝读者获得整体性解释的满足感的一种方法。"⑥ 的确，非线性、断裂、无时间性、非逻辑关联、多声部并置、镜像等超文本文学的叙事风格不免使人联想到了现代和后现代主义的表达形式。不过，在印刷和数字两种空间进行的非线性写作仍然是有区别的。平面的现代主义作品是对社会主流文学价值与形式的反叛，非线性的表达也

---

① [美]詹明信. 晚期资本主义的文化逻辑：詹明信批评理论文选[M]. 陈清侨，译. 北京：生活·读书·新知三联书店，1997：304.

② [美]詹明信. 晚期资本主义的文化逻辑：詹明信批评理论文选[M]. 陈清侨，译. 北京：生活·读书·新知三联书店，1997：300.

③ Michael Patrick Gillespie. The Aesthetics of Chaos[M]. Gainesville：University Press of Florida，2003：127.

④ Noah Wardrip-Fruin. The New Media Reader[M]. MA：MIT Press，2003：452.

⑤ Jay David Bolter. Writing Space：Computers，Hypertext，and the Remediation of Print[M]. Mahwah：Lawrence Erlbaum Associates，2001：20.

⑥ Marie-Laure Ryan. Narrative as Virtual Reality：Immersion and Interactivity in Literature and Electronic Media[M]. Baltimore：The Johns Hopkins University Press，2001：7.

只是在平面排版环境，即线性空间里刻意而为之的书写。

伯而特还提出了“拓扑书写”（topographic writing）概念，即以什么样的方式把文本块连接起来，也就是超文本的物理布局。因为电脑环境可把符号与结构展示出来，允许用户自由操控并改变节点之间的连结与关系①，因此，一些文学经典作品的超文本版能够将作品各部分之间的联系视觉化（见2.2.1），相比起印刷版本，作者的可操作性增强了，操作空间也随之扩大了。如此自由度所创造出来的书写环境，呈现出现代主义式的断裂或后现代式的拼贴，实为一种自然倾向，而非纯然刻意营造的形式。超文本也是文学载体经历莎草纸、手抄本和印刷版本以来的第四次的转换。超文本文学是随个人电脑和网络技术的迅猛发展带来了全新的文学表现方式，它不是传统文学的简单网络化，而是具有超级链接、立体结构、多媒体展示、互动对话的艺术特征。传统文学文本是封闭的平面展示，而超文本文学则显示为多种平面文本的叠加，呈现立体化开放性网状结构。它通过超级链接，向读者展示出意义生发的不同路径和多种可能。超文本文学的出现根本上对应着一种新生的文化现象。

结语

在数字技术时代，文学创作的传统观念已经遭遇到巨大挑战，文学文本也从单纯的文字符号作品变化为媒体作品，文学创作不只是供人阅读的按照一定规则排列的页面，而且也是供人看的图像和让人听的媒体，创造出一种新的审美观。数字文学质疑的是文学的再现功能。传统小说旨在给读者制造这样一种印象——他读到的就是现实，因而它致力于再现“井井有条、富有默契而意味深长”的外部世界——一种“令人放心的幻觉”，一种能够“包含人类控制权的假象”。②而数字文学放弃了三种幻觉：参照性幻觉——文本世界与现实世界的模仿关系；连续性幻觉——根据非矛盾性和因果性的逻辑建立起来的世界的统一性和连贯性；透明性幻觉——叙述是非物质性的、无关媒介的功能。

承袭了盎格鲁-撒克逊读写文化传统的英语语言主宰着网络对话和工程学文献、支配着远程信息阅读的形成。英语的全球霸权地位并不意味着它在某一方面优于它的竞争者，而是英语自身为满足全球的需要而在不断地进化。同理，数字文学正是作家和艺术家们将新媒体技术内化为了创作话语，是他们对永无止境变化着的书写载体做出的适应性调节。

第一，从本体论而言，数字文学是数字技术的产物。

新媒体发展的核心技术，超链接、媒体聚合和网络互联是支撑数字文学创作的三大要素，而这三大技术本身就构成了有着内在驱动力的系统。超链接是实现文本互联的最关键技术；媒体聚合事实上就是“超媒体”，它将各种媒体资源（图、文、声、像）以链接的形式融为一体，极大地增强了感官效果；互联网则是世界上最大的、自行运转的超链接体系。

从外延纵览，数字文学自身是一个不断发展和完善的生态系统。如同技术的日新月异一样，在过去的二十年间，数字文学的新形式不断涌现，试图探索、超越和解构数字技术的默认功能和使用。最早期的数字文学创作在很大程度上以Eastgate系统公司Storyspace软件

---

① Jay David Bolter. Writing Space: Computers, Hypertext, and the Remediation of Print[M]. Mahwah: Lawrence Erlbaum Associates, 2001:112.

② [法]米尔西亚. 新电影·新小说[M]. 李华，译. 天津：天津人民出版社，2003:94.

的链接—文本单元(link-lexia)结构为标示,在颜色和声音方面的能力较为有限。而后,更加复杂的和符号多样的界面技术则提供给作者更大范围和更多种类的表现模式,多媒体和超媒体软件(如Flash、dreamweaver和quicktime)的开发将文字文本和图表、图画、动画和音乐以日臻娴熟的技巧结合起来。同时,数字文学还将游戏特征纳入日益庞大的数字文学队伍中,将诗学和文学叙事元素纳入不断壮大的艺术的游戏当中,形成了文学性的电脑游戏和游戏性的数字文学。进入21世纪,利用互联网技术和软件工具的社交媒体大行其道,其用户也以指数型增长,"社交媒体文学",如Facebook诗歌和Twitter小说出现了。它们是在社交平台中被创作和阅读,而平台本身就是审美表达和潜在意义的重要部分。当然,无论是超文本小说、互动小说、Twitter叙事,还是生成艺术和视频诗歌都不能涵盖数字文学所有的内容,但它们却足以表现该领域的多样性和与印刷文学间的复杂关系,以及数字文学审美策略运用的范围之广。从内涵分析,数字文学的本质上是"施为性"(performativity)。"施为性"借用了认知科学和系统理论的意义,认为实体和行为有着依存关系,而不是作为分立的个体存在。施为在受限的可能性场域中激发了构成行为,而不是使用固定的词语来达到某一目的。利奥塔在《后现代状况:知识的报告》中指出,施为性是"使知识的实用功能一览无余",并且"将所有的语言游戏提到自我认识上"。[①] 计算机化的社会将重点从行动的终结(finality)转向行动的方式,这使得元叙述没有必要也无法忍受,因为技术是自我合法化的。[②] 文化转型,尤其是技术的进步改变了科学、文学和艺术的历史宗旨,艺术不再以寻求和制造真理与知识为己任。此观点被具体化为多种特征在数字文学中得以体现。就作品而言,内在的多样性是数字作品的原动力,也是持续、无限地聚积、再聚积,甚至分解文本的动力。网页、界面、多媒体程序和电子游戏所体现的视觉风格突出了片段化、不确定性和异质性,强调过程和施为性而不是完成了的艺术品。就创作者而言,艺术的很多形式都始于模仿,然后分岔,进入新的领域。数字文学融入了数学、计算机科学,以及其他一些艺术的力量,作家们以不同的方式对它们进行实验,创作出高度结构化的、以精确的指令或代码来运行的、有机器性能的作品。就读者而言,他们被置于一种陌生的阅读环境中,比以往更深入地参与到文本意义的建构活动中,在多种认知混合的层面上体验文学的意境。

第二,从与纸介质文学的关系看,数字文学是先锋派创作和实验叙事的延续。

诗歌创作与现代科学技术和媒体的联系是20世纪80年代以来先锋诗歌的核心问题。[③] 庞德称:现代诗人的责任就是"make it new",诗歌的定位是"新意永存的消息"(the news that STAYS new)。电子诗歌的先锋罗伯特·肯德尔(Robert Kendall)写道:"任何时候你给予艺术家强有力的新工具,新的艺术愿景就会不可避免地自此而生,这也是有关艺术的全部。"[④] 数字文学最好被视为印刷实验文学的延伸,因为数字文学是基于媒体物质性的实验活动。这种活动分裂了传统观念中稳定的主体性和自我中心话语的形式。数字现代主义

① Jean-François Lyotard. The Postmodern Condition: A Report on Knowledge[M]. Geoff Bennington and Brian Massumi, Trans. Minneapolis: University of Minnesota Press, 1984:114.

② Jean-François Lyotard. The Postmodern Condition: A Report on Knowledge[M]. Geoff Bennington and Brian Massumi, Trans. Minneapolis: University of Minnesota Press, 1984:108.

③ Marjorie Perloff. Radical Artifice: Writing Poetry in the Age of Media[M]. Chicago: University Of Chicago Press, 1994:171.

④ Chris Funkhouser. Prehistoric Digital Poetry: An Archaeology of Forms[M]. Tuscaloosa: The Univesity of Alabama Press, 2007:29.

与先锋派的策略是一致的：挑战了传统对于艺术所谓和所为的期许，阐释并且质疑了支持和驱动这些判断的文化建制、技术网络和批评实践。数字现代主义在新媒体中建立了先锋派的新类别。数字文学能够延续先锋派的实验是因为它尚是一片“无主之地”①（boarderland）——没有窠臼和桎梏，没有规范或标准的限制。它的读者带着在印刷时代已经形成的写作规范、阅读习惯、叙事模式等来到此地，而必然地，数字文学在修正和转换这些习惯的同时，也正以此为契机建构自身一整套的外延和内涵模式。此外，数字文学是在互联网和可编程媒体（programmable media）中进行创作和发布的，当代文化的重要成分都为它输入了大量信息，从此意义上讲，数字文学是一种“寄予希望的怪物”②（hopeful monster），也就是遗传学所称的“适应性突变”，即它的组成部分来自各种不相融合的传统，因而其本质是混杂的，如同一个不同词汇、专业知识和期待视野会聚一处交际往来的自由贸易区。由此，人们必须重新思考“文学”的边界、概念和功能等问题——这恰恰也是先锋派创作的目的所在。

布鲁姆在谈到个体艺术家与前辈之关系的六个“修正比”（revisionay ratios）③ 时指出，先在的作家的素材和特点势必对后来的作家构成影响。年轻的诗人被前辈诗人的力量所捕获，进而与其产生共鸣，但他追求创造而拒绝重复，凭借已经内化到自身无意识中的前辈的力量，偏离前辈的轨道。新诗人用这种方式获得了拯救。因此，影响势必存在，但也必然涉及对先在的作品的一些剧烈的变形。新技术装置引向新的艺术愿景，数字文学将文本、图形、声音和图像等多种模式聚合于一个“平面”，承载着符号互戏的最终结果，放大并强化了20世纪晚期文学创作推崇的杂糅法；它吸取了时间扭曲、文学立体主义，以及博尔赫斯、约翰·巴斯、罗伯特·库佛、卡尔维诺、斯泰恩等人的实验精神，还激发了与现代主义盛世的庞德、詹姆斯·乔伊斯等人相联系的复杂文风和纷繁隐喻——这些使它成为实验叙事的延续。不过，二者之间仍存在一定的差别：典型的实验文学都是对传统形式、技法和风格的颠覆；而早期的数字文学都强调并专注于对印刷经典文学风格和形式的模拟、优化和仿效，目的是在主流的印刷文学和新媒体的数字文学间搭建桥梁，而不是以完全陌生化的面孔示人。而近些年来数字文学的“游戏转向”也说明创作者在向文学经典致敬的同时也必须考虑商业利益。

第三，从对数字文学的定位看，学界尚无定论，但学者们都能普遍地认识到：文学研究不能，并且在信息数字化时代也不可能局限于对文学自身的研究中，而是作为整个数字文化生态圈中的一个节点，与信息和互联网技术、传播媒介等息息相关。在这一时代背景下，必须为文学与技术的关系定位，因为不管接受与否，数字化媒体不仅与文学创作，而且已同阅读、欣赏和批评融为一体，不可分离了。

数字文学弥合了艺术和创意写作之间的界限，它是以数字化形式处理的综合媒体艺术（digitally-processed intermedia art），文学和其他艺术正在被重新与一些还没有得到完全发展的形式混合。它没有被固定在单一媒体上，也没有建立起一种为它的创作、传播和营销服务的单一经济，因而也尚未在主流学界找到立足点。但正如解构主义思想家米勒所言，主导媒介中从印刷书本向各类形式的数字媒体的大规模转移意味着印刷小说、诗歌和戏剧这些旧

① [芬兰]莱恩·考斯基马. 数字文学：从文本到超文本及其超越[M]. 单小曦，译. 桂林：广西师范大学出版社，2011:30.

② N. Katherine Hayles. Electronic literature：New Horizons for the Literary[M]. Indiana：University of Notre Dame，2008:2.

③ Harold Bioom. TheAanxiety of Influence：A Theory of Poetry[M]. New York：Oxford University Press，1997:56-58.

式意义上的文学在决定民众思潮上起到的作用越来越小。维多利亚时代英国中产阶级的读者进入查尔斯·狄更斯、乔治·艾略特、伊丽莎白·盖斯凯尔的小说世界中学习礼仪之道,领悟婚姻的真谛;而现今人们通过观看电影、电视、碟片,通过电脑游戏、流行音乐来满足自身对于想象或虚拟现实的需要。①2010 年,亚马逊宣布其在 Ipad 或 Kindle 上阅读的电子图书的销量首次超过了纸质印刷书。这不正说明这种变化已悄然蔓延,势如破竹了吗?帕洛夫也认为,文学系所里注册学生数和就业岗位的减少已说明了“人文学科的危机”,其根源就在于“过时的课程和潜在学生的真实需求之间的不对称”。② 学者劳尔·瑞恩在《故事化身》(*Avatars of Story*)中的一段话非常真诚、朴实地对数字文学的现状与发展做了总结:

> 无论我们是带着媒介思考,还是从更熟悉的传统文学视角出发,我们都将从两个相反的方面来判断电子叙事现今的成就。有人会说:与莎士比亚悲剧、普鲁斯特《追忆似水年华》,甚至与经典的电影作品相比,数字媒介没什么创造。数字文本性没能成为文学景观中的主要部分,计算机也没有取代书本,这种情形的改变也遥遥无期。他们是对的,因为无论是给普鲁斯特的小说提供多种选择,还是允许观众操作莎翁悲剧中的一个人物都毫无意义;而且还因为印刷叙事从未受到过渐渐过时的威胁。但是他们也错了,因为正如彼得·卢恩菲尔德在谈到交互式电影时尖锐地指出,你没拿走什么起作用的,也没企图固定它。如果我们用文学正典,也就是用其他媒体的标准来衡量,那么数字叙事只能是个败笔。人们不应指望数字文本成为小说、戏剧或电影的加强版。它们的成就在其他领域:可自由探索的叙事档案、语句与图像的动态相互作用、对幻想世界的积极投入。③

数字时代给社会带来的是诸如书本、知识和信息等概念上的变化。“书”由以有限的和固定的顺序装订起来的纸页上的符号转变成了现象学意义上的“书”——与文学作品的动态互动而产生的意义与效果的复杂产物。图书馆更愿意被称为信息中心,图书馆员变成了信息专业人员,读者成了用户,文献转化为信息。人们愈加倾向于实用主义,总是盼望尽可能快地获取信息,而不是细细品味书之智性和视觉的愉悦。在短短的二十年间,数字文学已经产生出许多具有较高文学水准的作品,它们理应受到批评家们像对待印刷作品那样的关注和深思。如果说“互联网+”意味着借助互联网平台发展传统产业的话,那么作为传统“学术产业”的“文学”也需要思索如何在新兴文化语境中更好地维系自身的发展;纸媒语境下的“文学修养”(literacy)也需要提升至数字化时代“信息素养”(electracy)④ 的层面上。这不仅要求有新的分析模式和教学,以及解释与运作的新方法,更重要的,在意识上要进行“数字化地思考”,也就是在借助于印刷文学与批评的丰富传统的同时,致力于网络和可编程媒体特质的研究。

数字科技不仅给生活带来了便利,也给文学创作带来了许多的可能性。新媒体的表达

---

① J. Hillis Miller. Cold Heaven. Cold Comfort: Should We Read or Teach Literature Now? [M]//Paul Socken. The Edge of the Precipice: Why Read Literature in the Digital Age?. Montreal: McGill-Queen's University Press, 2013:321.

② Marjorie Perloff. Differentials: Poetry, Poetics, Pedagogy[M]. Tuscaloosa: The University of Alabama Press, 2004:52.

③ Marie-Laure Ryan. Avatars of Story[M]. Minneapolis/London: University of Minnesota Press, 2006:205.

④ Gregory L. Ulmer. Internet Invention: from Literacy to Electracy[M]. New York: Longman, 2002:78.

方式经常被指浅薄、泛娱乐、碎片化,浅阅读,且不论这只是一家之言,而且数字化作品中从不乏兼顾文学性、趣味性和技术性的优质作品。试想,如果一个社会的所有作品只能被印在纸上,被一种价值观所统领,那么这个社会往往可能陷入一种宏大叙事,人们的思想更容易受到禁锢。如果每个人都能够以自我表达的方式发表作品,虽然它并不一定符合主流价值观,但是,正是由于这种对社会和事物的多样性观察,人们才能愈加了解世界本来的样貌。数码时代一张照片的还原度高低与否取决于它像素的多少和解析的细腻程度,而每一个表达的个体恰恰就是这像素本身。

参考文献

[1] AARSETH E. Cybertext：Perspectives on Ergodic Literature[M]. Baltimore：Johns Hopkins University Press，1997.

[2] AARSETH E. Nonlinearity and Literary Theory[M]//George Landow. Hyper/Text/Theory. Baltimore：John Hopkins University Press，1994.

[3] ACIMAN A，RENSIN E. Twitterature：The World's Greatest Books Retold through Twitter[M]. New York：Penguin Books，2009.

[4] BARTH J. The Friday Book：Essays and Other Non-Fiction[M]. London：The John Hopkins University Press，1984.

[5] BEIGUELMAN，GISELLE. The Reader，the Player and the Executable Poetics[M]// SCHÄFER J，GENDOLLA P，et al. Beyond the Screen：Transformations of Literary Structures，Interfaces and Genres[M]. Bielefeld：Transcript，2010.

[6] BELL，ALICE Analyzing Digital Fiction[M]. New York：Routledge，2014.

[7] BELL，ALICE. The Possible Worlds of Hypertext Fiction[M]. New York：Palgrave Macmillan，2010.

[8] BIRKERTS，SVEN. The Gutenberg Elegies：The Fate of Reading in an Electronic Age[M]. New York：Fawcett Columbine，1994.

[9] BLOOM，HAROLD. The Aanxiety of Influence：A Theory of Poetry[M]. New York：Oxford University Press，1997.

[10] BOGOST，IAN. Persuasive Games：The Expressive Power of Videogames[M]. Boston：MIT Press，2007.

[11] David M. Boje. Narrative Methods for Organizational and Communication Research[M]. London：SAGE Publications，2001.

[12] BOLTER，JAY DAVID. Richard Grusin. Remediation：Understanding New Media[M]. Cambridge：The MIT Press，1999.

[13] BOLTER，JAY DAVID. Writing Space：Computers，Hypertext，and the Remediation of Print[M]. Mahwah：Lawrence Erlbaum Associates，2001.

[14] BRONTË，CHARLOTTE. Shirley[M]. Oxford：Clarendon，1979.

[15] CAILLOIS，ROGER. Man，Play，Games[M]. M. Barash，Trans. New York：Schocken Books，1979.

[16] CALVINO，ITALO. If on a Winter's Night a Traveler[M]. SanDiego：Harcourt Brace，1981.

[17] CHARLES，MICHEL. Introduction to the Study of Texts[M]. Paris：Seuil，1995.

[18] CICCORICCO，DAVID. Digital Fiction Networked Narratives[M]//Joe Bray. The Rout-

ledge Companion to Experimental Literature. New York: Routldge, 2012.

[19] CONRAD, JOSEPH. The Nigger of the Narcissus[M]. London: Dent, 1974.

[20] EGAN, JENNIFER. Black Box. [DB/OL].The New Yorker. (2012-06-04) [2016-11-02]. http://www.newyorker.com/magazine/2012/06/04/black-box-2.

[21] EMERSON, LORI. Reading Writing Interfaces: from the Digital to the Bookbound[M]. Minneapolis: University of Minnesota Press, 2014.

[22] ENSSLIN, ASTRID. Computer Gaming[M]//Joe Bray. The Routledge Companion to Experimental Literature. New York: Routldge Press, 2012.

[23] ENSSLIN, ASTRID. Playing with Rather than by the Rules: Metaludicity, Allusive Fallacy, and Illusory Agency in The Path[M]//Alice Bell. Analyzing Digital Fiction. New York: Routledge Press, 2014.

[24] FISH, STANLEY. Is There a Text in this Class? [M]. Cambridge: Harvard University Press, 1980.

[25] FOUCAULT, MICHEL. What Is an Author? [M]//Donald F. Bouchard. Language, Counter-Memory, Practice. New York: Cornell University Press, 1977.

[26] FUNKHOUSE, CHRIS. Prehistoric Digital Poetry: An Archaeology of Forms[M]. Tuscaloosa:The Univesity of Alabama Press, 2007.

[27] GALLOWAY, ALEXANDER. Protocol: How Control Exists after Decentralization[M]. Cambridge: The MIT Press, 2004.

[28] GERVAIS, BERTRAND. Is There a Text on This Screen? Reading in an Era of Hypertextuality[M]//Susan Schrcibman and Ray Siemens. A Companion to Digital Literary Studies. Oxford: Blackwell, 2008.

[29] GIBBONS, ALISON. Multimodal Literature and Experimentation[M]//Joe Bray. The Routledge Companion to Experimental Literature. New York: Routldge press, 2012.

[30] GILLESPIE, MICHAEL PATRICK. The Aesthetics of Chaos[M]. Gainesville: University Press of Florida, 2003.

[31] GLAZIER, LOSS PEQUEÑO. Digital Poetics: Hypertext, Visual-Kinetic Text and Writing in Programmable Media[M]. Tuscaloosa: University of Alabama, 2001.

[32] HALLET, WOLFGANG. The Multimodal Novel: The Integration of Modes and Media in novelistic narration[M]//S. Heinen, R. Sommer. Narratology in the Age of Cross-Disciplinary Narrative Research. Berlin: Walter de Gruyter, 2009.

[33] HALLET, WOLFGANG. The Rise of the Multimodal Novel [M]//Marie- Laure Ryan, Jan-Noëlon. Storyworlds across Media: toward A Media-conscious Narratology. Lincoln: University of Nebraska Press, 2014.

[34] HARAWAY, DONNA. Simians, Cyborgs, and Women: The Reinvention of Nature[M]. New York: Routledge, 1990.

[35] HARPOLD, TERRY. The Contingencies of the Hypertext Link[M]//Noah Wardrip-Fruin, Nick Montfort. The New Media Reader. Cambridge: The MIT Press, 2003.

[36] HARVEY，AURIEA，Michaël Samyn. The Path[DB/OL]. Tale of Tales.（2009-03-18）[2016-11-02]. http://thepath-game.com/.

[37] HAYLES，N. KATHERINE. Artificial Life and Literary Culture[M]//Marie-Laure Ryan. Cyberspace Textuality：Computer Technology and Literary Theory. Bloomington：Indiana University Press，1999.

[38] HAYLES，N. Katherine. Electronic literature：New Horizons for the Literary[M]. Indiana：University of Notre Dame，2008.

[39] HAYLES，N. Katherine. Flickering Connectivities in Shelley Jackson's Patchwork Girl：The Importance of Media-Specific Analysis [J]. Postmodern Culture，2000，1（10）.

[40] HAYLES，N. Katherine. Introduction：Complex Dynamics in Literature and Science[M]//Gordon Slethaug. Beautiful Chaos：Chaos Theory and Metachaotics in Recent American Fiction. New York：State University of New York Press，2000.

[41] HAYLES，N. Katherine. Print Is Flat，Code Is Deep：The Importance of Media-Specific Analysis [J]. Poetics Today，2004，1（25）.

[42] HAYLES，N. Katherine. The Cosmic Web：Scientific Field Models and Literary Strategies in the Twentieth Century[M]. New York：Cornell University Press，1984.

[43] HAYLES，N. Katherine. Writing Machine[M]. Cambridge：The MIT Press，2005.

[44] HUTCHEON，LINDA. Narcissistic Narrative：The Metafictional Paradox[M]. New York：Methuen，1984.

[45] ISER WALFGANG. The Fictive and the Imaginary：Charting Literary Anthropology[M]. Baltimore：Johns Hopkins University Press，1993.

[46] JACKSON，SHELLEY. Stitch Bitch：The Hypertext Author As Cyborg-Femme Narrator[DB/OL]. MIT "Transformations of the Book" Conference.（1998-10-24）[2016-11-02]. https://www.heise.de/tp/features/Amerika-Online-7-3 441 257.htm.

[47] JAMESON，FREDRIC. Postmodernism，or，the Cultural Logic of Late Capitalism[M]. Durham：Duke University Press，1991.

[48] KELLY，KAVIN. Scan This Book！ [J/OL]. New York Times Magazine.（2006-07-18）[2016-07-08]. http://www.nytimes.com/2006/05/14/14publishing.html.

[49] LANDOW P. George. Hypertext 2.0：The Convergence of Contemporary Critical Theory and Technology[M]. Baltimore：Johns Hopkins University Press，1992.

[50] LATIMER，HEATHER. Reproductive Technologies，Fetal Icons，and Genetic Freaks：Shelley Jackson's Patchwork Girl and the Limits and Possibilities of Donna Haraway's Cyborg[J]. Modern Fiction Studies，2011（57）.

[51] MACKENZIE，ADRIAN. Cutting Code：Software as Sociality [M]. London：Peter Lang，2006.

[52] MANOVICH，LEV. The Language of New Media[M].Cambridge：The MIT Press，2002.

[53] MCLUHAN，MARSHALL. 1964. Understanding Media：The Extension of Man[M]. Cambridge：The MIT Press，1994.

[54] MILLER, J. HILLIS. Cold Heaven, Cold Comfort: Should We Read or Teach Literature Now? [M]//Paul Socken. The Edge of the Precipice: Why Read Literature in the Digital Age?. Menteal: McGill-Queen's University Press, 2013.

[55] MITCHELL, W. J. T. Picture Theory: Essays on Verbal and Visual Representation[M]. Chicago: University of Chicago Press, 1994.

[56] MOULTHROP, STUART. You Say You Want a Revolution? [M]//Noah Wardrip-Fruin, Nick Montfort. The New Media Reader. Cambridge: The MIT Press, 2003.

[57] MURRAY, JANET. Hamlet on the Holodeck: The Future of Narrative in Cyberspace[M]. New York: Free Press, 1997.

[58] ONG, J. WALTER. Orality and Literacy: The Technologizing of the Word[M]. New York: Routledge, 1988.

[59] PERLOFF, MARJORIE. "Vocable Scriptsigns": Differential Poetics in Kenneth Goldsmith's Fidget and John Kinsella's Kangaroo Virus [M]//Andrew Roberts, John Allison. Poetry and Contemporary Culture: The Question of Value. Edinburgh: Edinburgh University Press, 2002.

[60] PERLOFF, MARJORIE. Differentials: Poetry, Poetics, Pedagogy[M]. Tuscaloosa: University of Alabama Press, 2004.

[61] PERLOFF, MARJORIE. Poetics in a New Key: Interviews and Essays[M]. Chicago: The University of Chicago Press, 2015.

[62] PERLOFF, MARJORIE. Radical Artifice: Writing Poetry in the Age of Media[M]. Chicago: The University Of Chicago Press, 1994.

[63] PRENSKY, MARC. Digital Natives, Digital Immigrants Part 2: Do They Really Think Differently? [J]. On the Horizon, 2001(9).

[64] PRINZ, JESSICA. Words in Visual Art Astrid Ensslin. Computer Gaming[M]//Joe Bray. The Routledge Companion to Experimental Literature. New York: Routldge, 2012.

[65] RASTIER, FRANCOIS. Arts and Science of the Text[M]. Paris: PUF, 2001.

[66] RIMMON-KENAN, SHLOMITH. Narrative Fiction: Contemporary Poetics[M]. New York: Routledge Presss, 2005.

[67] RYAN, MARIE-LAURE. Avatars of Story[M]. Minneapolis: University of Minnesota Press, 2006.

[68] RYAN, MARIE-LAURE. Narrative as Virtual Reality: Immersion and Interactivity in Literature and Electronic Media[M]. Baltimore: Johns Hopkins University Press, 2001.

[69] RYAN, MARIE-LAURE. The Text as World Versus the Text as Game: Possible Worlds Semantics and Postmodern Theory[J]. Journal of Literary Semantics, 1988(27).

[70] RYAN, MARIE-LAURE. Narrative as Virtual Reality: Immersion and Interactivity in Literature and Electronic Media[M]. Baltimore: The Johns Hopkins University Press, 2001.

[71] SIMON, ROWBERRY. Pale Fire as a hypertextual network[DB/OL]. CiteSeerX, (2013-07-31)[2016-05-26]. https://core.ac.uk/display/22 680 961.

[72] SLATIN, JOHN. Reading Hypertext: Order and Coherence in a New Medium[M]//Paul Delany, George P. Landow. Hypermedia and Literary Studies. Cambridge: The MIT Press: 1991.

[73] THOMAS, BRONWEN. 140 Characters in Search of a Story: Twitterfiction as an Emerging Narrative Form[M]//Alice Bell. Analyzing Digital Fiction. New York: Routledge Press, 2014.

[74] TODOROV, TZVETAN. The Two Principles of Narrative [J]. Diacritics, 1971.

[75] ULMER L., GREGORY. Internet Invention: from Literacy to Electracy[M]. Harlow: Longman, 2002.

[76] WARDRIP-FRUIN, NOAH. The New Media Reader[M]. Camridge: The MIT Press, 2003.

[77] WILLIAMS, EMMETT. Anthology of Concrete Poetry[M]. New York: Something Else Press, 1967.

[78] WILLIAMS, WILLIAM CARLOS. The Poem as a Field of Action[M]//William Carlos Williams. Selected Essays. New York: Random House, 1954.

[79] WILSON, EDMUND. Axel's Castle[M]. New York: Charles Scribner's Sons, 1931.

[80] WOLFE, TOM. The New Journalism[M]. New York: Harper & Row, 1973.

[81] 包兆会. 超文本文学:一种新的文学形式的研究[J]. 文艺理论研究,2007(5).

[82] 陈定家. “超文本”的兴起与网络时代的文学[J]. 中国社会科学,2007(3).

[83] 陈小红. 从玛乔瑞·帕洛夫的《文里文外之诗》观20世纪诗学[J]. 外国文学研究, 2011(4).

[84] 方文开. 引用·具象·转录: 信息时代的诗歌创作——评帕洛夫的《非原创的天才: 新世纪以其它形式创作的诗歌》[J]. 外国文学研究,2009(4).

[85] 郝翠屏. 论帕洛夫《极端的诗歌艺术》之“(数)之崛起”[J]. 外国文学研究,2009(4).

[86] 黄鸣奋. 超文本诗学[M]. 厦门:厦门大学出版社,2001.

[87] 李洁. 超文本文学之兴:从纸介质到数字化[M]. 广州:世界图书出版公司, 2013.

[88] 李洁. 电子超文本: 后结构主义文本理论的例证[J]. 北方民族大学学报, 2016(3).

[89] 李洁. 激进的艺术——玛乔瑞·帕洛夫的创新诗学述评[J]. 国外文学, 2016(3).

[90] 罗良功. 发现“另一个传统”:玛乔瑞·帕洛夫的《诗学新解》及其它[J]. 外国文学研究, 2009(2).

[91] 聂珍钊. 玛乔瑞·帕洛夫及其诗学研究[J]. 当代外国文学,2013(1).

[92] 邱运华. 文学批评方法与案例[M]. 北京:北京大学出版社,2006.

[93] 王卓. 帕洛夫的梯子——玛乔瑞·帕洛夫和她的诗学谱系研究[J]. 外国文学研究,2014(5).

[94] 张广奎, 李燕霞. 从《激进的策略: 媒体时代的诗歌创作》看帕洛夫的传媒诗学观[J]. 外国文学研究,2011(4).

[95] 周宪. 论作品与(超)文本[J]. 外国文学评论,2008(4).

[96] 朱刚. 二十世纪西方文论[M]. 北京:北京大学出版社,2006.

[97] 安波托•艾柯. 开放的作品[M]. 刘儒庭,译. 北京:新星出版社, 2005.

[98] 本雅明. 机械复制时代的艺术作品[M]. 王才勇,译. 北京:中国城市出版社,2001.

[99] 博尔赫斯. 博尔赫斯短篇小说集[M]. 王央乐,译. 上海:上海译文出版社,1983.

[100] 查尔斯•斯特林. 媒介即生活[M]. 王家全,译. 北京:中国人民大学出版社,2014.

[101] 德里达. 书写与差异[M]. 张宁,译. 北京:生活•读书•新知三联书店, 2001.

[102] 柯里. 后现代叙事理论[M]. 宁一中,译. 北京:北京大学出版社,2003.

[103] 莱恩•考斯基马. 数字文学:从文本到超文本及其超越[M]. 单小曦,译. 桂林:广西师范大学出版,2011.

[104] 罗伯特•库佛. 书籍的终结[J]. 陈定家,译. 南阳师范学院学报, 2007(2).

[105] 罗兰•巴特. S/Z[M]. 屠友祥,译. 上海:上海人民出版社,2000.

[106] 罗兰•巴特. 文之悦[M]. 屠友祥,译. 上海:上海人民出版社,2002.

[107] 玛乔瑞•帕洛夫. 激进的艺术:媒体时代的诗歌创作[M]. 聂珍钊,译. 上海:上海外语教育出版社,2012.

[108] 米兰•昆德拉. 小说的艺术[M]. 董强,译. 上海:上海译文出版社,2002.

[109] 纳博科夫. 微暗的火[M]. 梅绍武,译. 上海: 上海译文出版社,2007.

[110] 尼葛洛庞帝.《数字化生存》[M]. 胡泳, 范海燕,译. 海口:海南出版社,1997.

[111] 汝信. 现代西方思想文化精要[M]. 长春:吉林人民出版社,1998.

[112] 单小曦. 从后现代主义到“数字现代主义”———新媒介文学文化逻辑问题研究反思与新探[J]. 浙江社会科学,2016(6).

[113] 单小曦. 数字文学研究. 回应数字时代的文学实践[N]. 中国社会科学报,2012(6).

[114] 单小曦.“网络文学”抑或“数字文学”? [J]. 上海师范大学学报,2011(5).

[115] 希利斯•米勒. 解读叙事[M]. 申丹,译. 北京:北京大学出版社,2002.

[116] 希利斯•米勒. 小说与重复[M]. 王宏图,译. 天津:天津人民出版社,2007.

[117] 肖恩•库比特. 数字美学[M]. 赵文书,译. 北京:商务印书馆,2007.

[118] 詹明信. 晚期资本主义的文化逻辑:詹明信批评理论文选[M]. 陈清侨,译. 北京:生活•读书•新知三联书店,1997.